与时代同行
小米成长录

汤明霞

著

中国海洋大学出版社

·青岛·

图书在版编目（CIP）数据

与时代同行　小米成长录／汤明霞著 . —青岛：
中国海洋大学出版社，2020. 1

ISBN 978-7-5670-2354-3

Ⅰ. ①与… Ⅱ. ①汤… Ⅲ. ①随笔－作品集－中国－
当代 Ⅳ. ① I267. 1

中国版本图书馆 CIP 数据核字（2020）第 019113 号

出版发行	中国海洋大学出版社		
社　　址	青岛市香港东路 23 号	邮政编码	266071
出 版 人	杨立敏		
网　　址	http://pub.ouc.edu.cn		
电子信箱	shirley_0325@163.com		
订购电话	0532-82032573（传真）		
责任编辑	王　慧	电　话	0532-85901984
装帧设计	青岛汇英栋梁文化传媒有限公司		
印　　制	淄博新海教育印务有限公司		
版　　次	2020 年 4 月第 1 版		
印　　次	2020 年 4 月第 1 次印刷		
成品尺寸	170 mm × 240 mm		
印　　张	14. 25		
字　　数	88 千		
印　　数	1～1000		
定　　价	58. 00 元		

发现印装质量问题请致电 0533-8354045，由印刷厂负责调换。

前言 *Preface*

2012 年 11 月 29 日，在淄博市妇幼保健院的产科手术室里，伴随着一声响亮的啼哭，2.6 千克的小米出生了。作为母亲，我觉得有点惭愧。生产前，我的体重飙升到了 75 千克多（怀孕前 55 千克），而彩超显示孩子的头围、身长等数值都不小，体重估算应该有三四千克，结果只有 2.6 千克，瘦得真是皮包骨。本来打算自然生产，但因为是臀位，安全起见只能剖宫产。其实，在手术室里，虽然医生曾把孩子抱到我面前，让我看看女儿，但说实话，可能由于麻醉的作用，我只看到一个全身粉白的小婴儿，根本看不清楚她长什么样。回到病房的第二天，孩子的奶奶把孩子抱到我怀里，我才发觉这孩子怎么有点像外星人！

小米的名字是姑姑起的，她在银行工作，认为名字就是个符号，得好记。姑姑工作了好几年，每天人来人往，能记住的名字没有几个，所以，就给孩子起了"小米"这个名字，后来，她给自己的女儿起名叫"小依"，都好记！

我从小喜欢画画，发自心底的喜欢！后来有幸学习了绘画，并从事了与绘画相关的工作，这要感谢我的父亲，在经济条件并不好的情况下（绘画的投入是比较大的，需要不断购买纸、笔和颜料），坚决支持了我的爱好，为我现在的幸福生活和工作奠定了基础！

我一直想用画笔记录孩子和家人的生活，但由于工作的忙碌和自己的懒惰，从来没有付诸行动。直到在微信上看到一个父亲为孩子绘制的几幅漫画，才激起了我酝酿多年的热情。平时，注意捕捉孩子的点点滴滴，一些有代表性的时间节点，一些美丽的画面，一些感动的瞬间……在晚上，在周末，利用空闲时间，我把这些点滴记录在画纸上。从小米出生，到现在6岁半，不知不觉已经画了108张，记录了108个场景。看着这些画，不免心生感触，这里面包含了孩子成长的每个阶段，有欢笑，有感动，也有各种小心思；这里面也融入了作为抚养者的我们对孩子无微不至的关怀，伴随着我们的成熟、变老，不断探索着养育孩子的最佳方式。

6年的时间，说长不长，说短也不短，我们的国家不断发展，时代的内容不断更新和变换。每个小小的家庭，共同组成了大的国家，每个小小的场景，都从某一个侧面反映了国家的进步和繁荣，反映了我们的幸福生活。

我想把这些速写作品结集出版，并以小米的口吻和视角配以场景描述。它们不只记录了我的孩子的成长历程，也在一定程度上反映了同龄儿童的生长环境、生活习惯和我们的教养方式，同时也反映了时代的进步和变迁。我希望有更多的人看到这本书，希望读者朋友们能从书中看到自己或孩子的影子，能够展现出会心的微笑。

汤明霞

2019年7月26日

目录 *Contents*

MEMORY

小米成长记录，点点滴滴，皆是美好回忆。

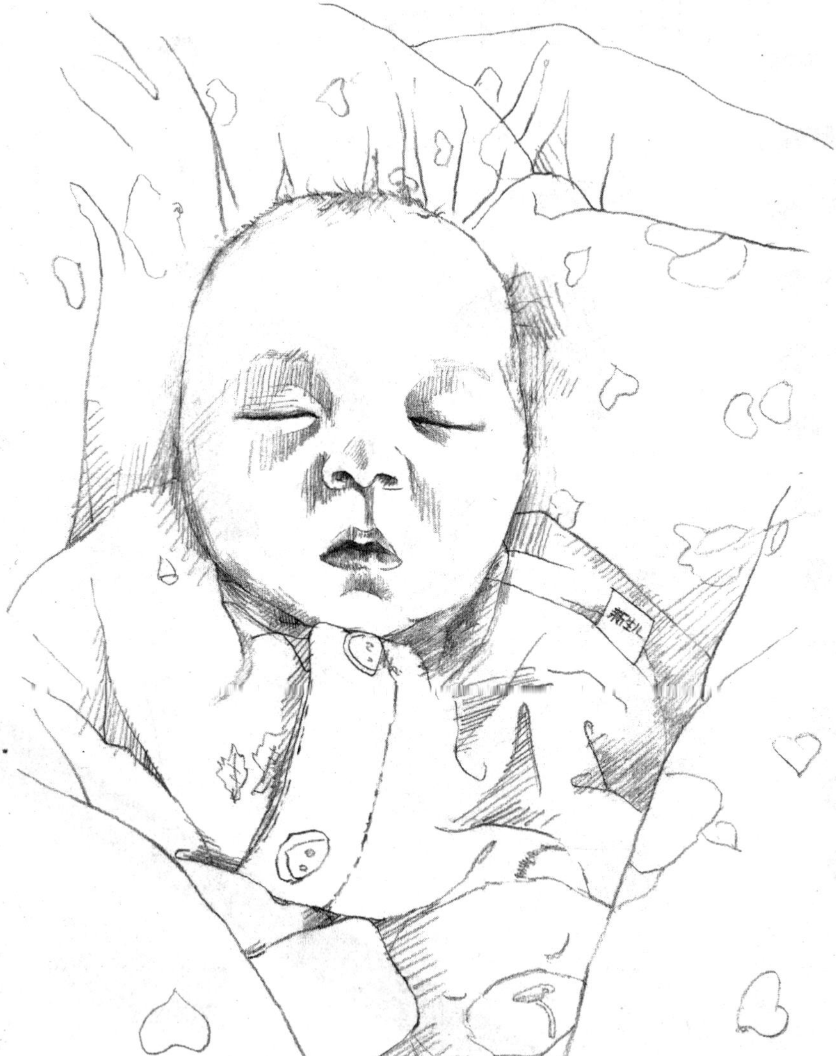
新生儿

我出生啦

　　我是小米，刚出生时体重只有2.6千克。在手术室里听到医生说我的体重是2.6千克时，妈妈以为听错了，她觉得应该是3.6千克比较正常。等出了手术室看到我时，妈妈才确定自己没有听错。她说我的手瘦得像鸡爪一样，只有骨头没有肉。颧骨还很高，有点像外星人，简直是太丑了！但奶奶却说我长得漂亮，眼睛很大，还是双眼皮，嘴巴小小的，以后肯定是个美丽的小姑娘！我也不知道自己是丑是美，不想睁眼，还是先睡觉吧！

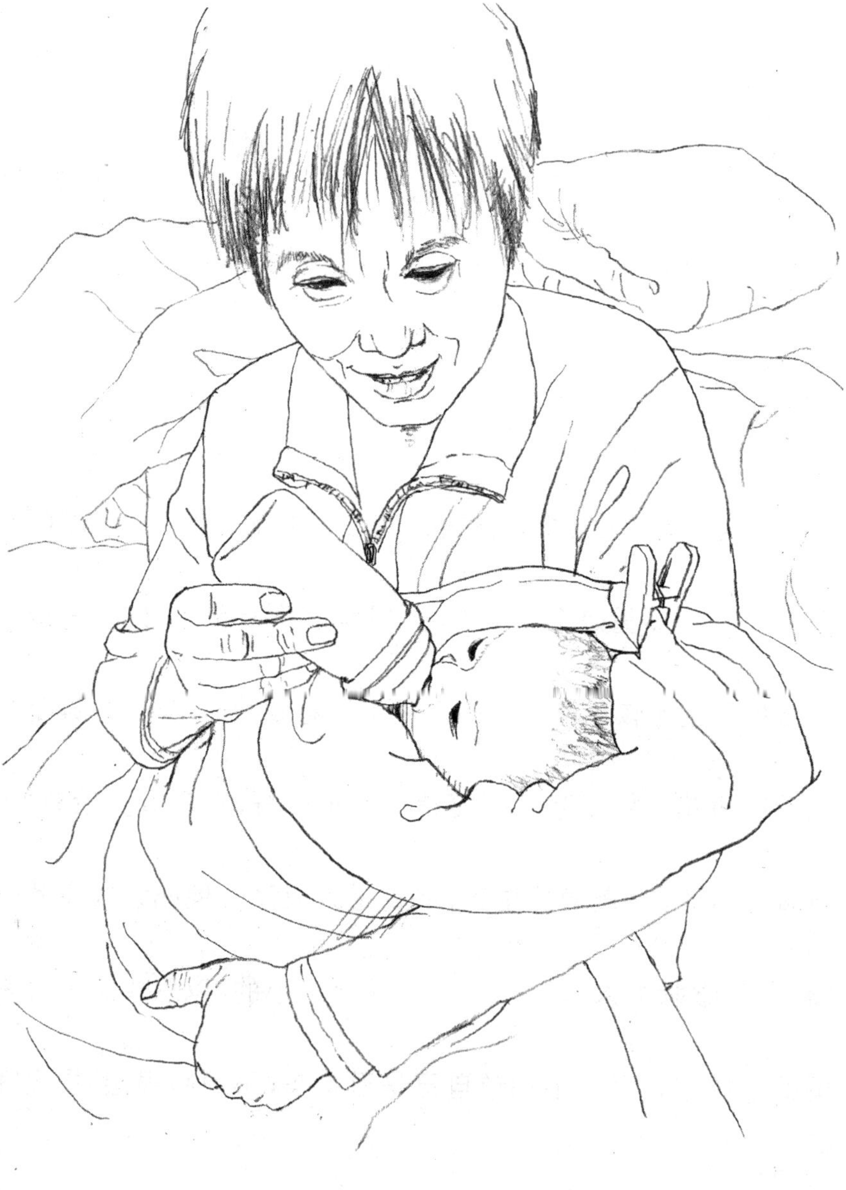

喝奶粉

　　妈妈的奶水很清，奶奶总是怕我吃不饱，就定时给我喝奶粉。婶婶家的淘淘哥哥小时候喝过"完达山"奶粉，妈妈也给我买了这种奶粉，说喝着放心，希望我也能像哥哥一样聪明、强壮。奶粉很好喝，又香又甜，喝的时候还不用像吃母乳那样花力气，我很喜欢……天天也吃母乳也喝奶粉，身体棒棒的！妈妈说小米长得真快，平均一天一两，奶奶很高兴！躺在奶奶怀里喝奶，真好！奶奶很爱我，我也很爱奶奶。

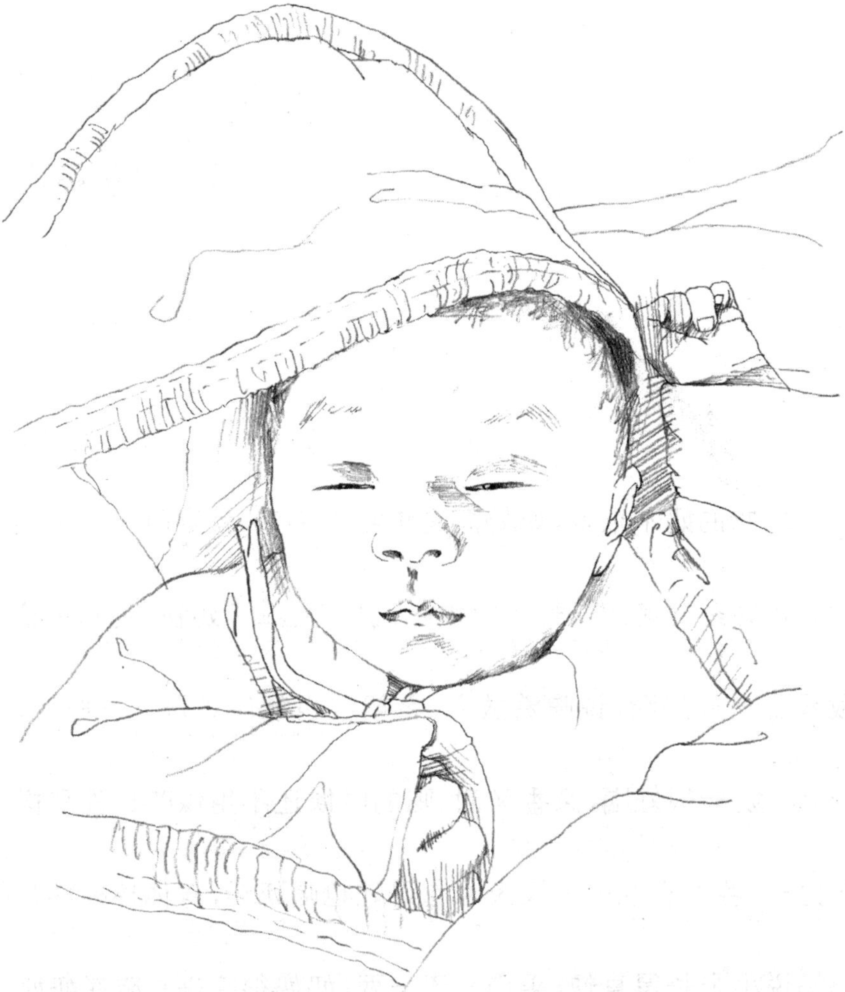

我被裹得厚厚的

我每天都很困,睁不开眼!因为黄疸比较严重,医生阿姨让我多晒太阳,但是太阳一照,眼睛更睁不开了!谁在跟我说话呢?好像是妈妈的声音,但是眼睛实在睁不开,让我睡一会儿吧,休息好了才能快快长大啊……

哎哟,被子外面系着带子,好不舒服啊,我想把手伸出来……妈妈和奶奶总是怕我冷,穿着小棉袄,再裹着小被子,有时还是两层被子!怕我踢了受凉,还再捆一下,妈妈呀,小宝宝热力很大的,我很热啊!

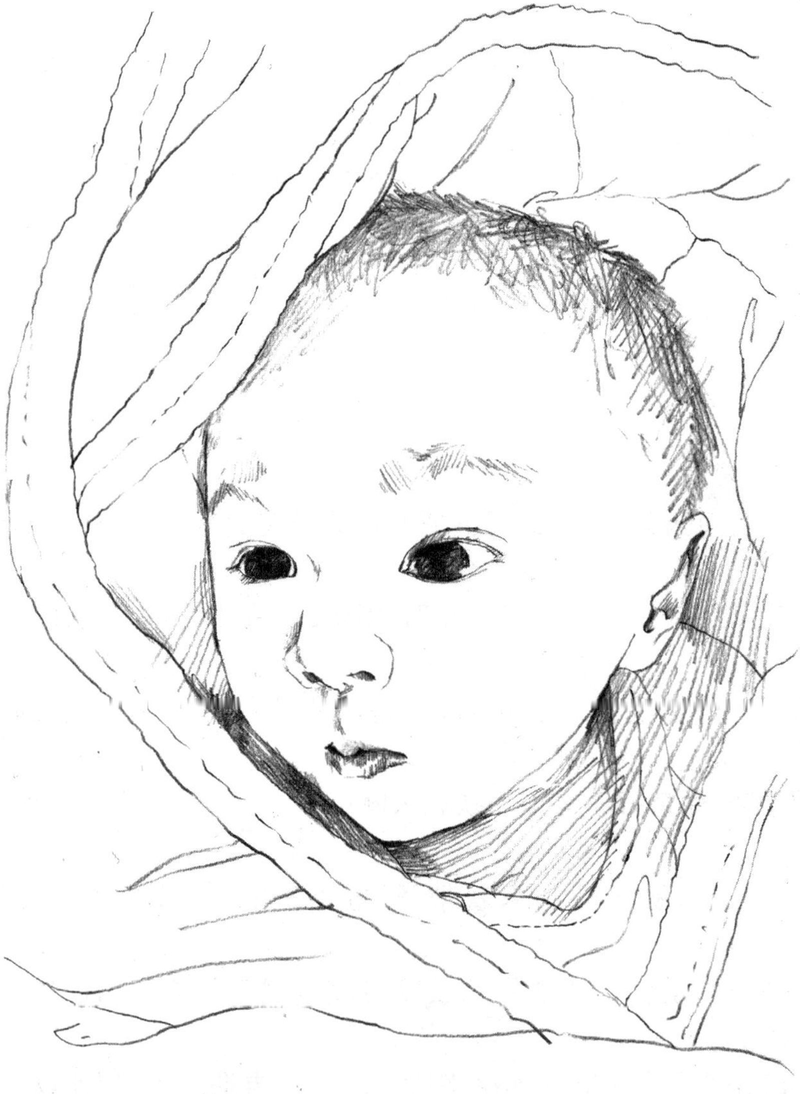

我想看看，还想摸摸

咦，这是什么声音，叮叮当当的？但是我眼睛看不清楚啊，妈妈，请把东西拿得离我近点呀！我还小，眼睛发育不完善，只能看很短的距离，而且还模模糊糊的，唉。奶奶不懂，还说："小米睁大了眼睛在看呢，应该喜欢这个铃铛。"

妈妈没给我穿小棉袄，只穿了件舒服的棉单衣，但是包裹了小棉被，又盖了一层大棉被，还不让伸出手来，我真是好想摸摸是什么东西啊。不过，我现在还控制不了自己的手指，抓不住东西！

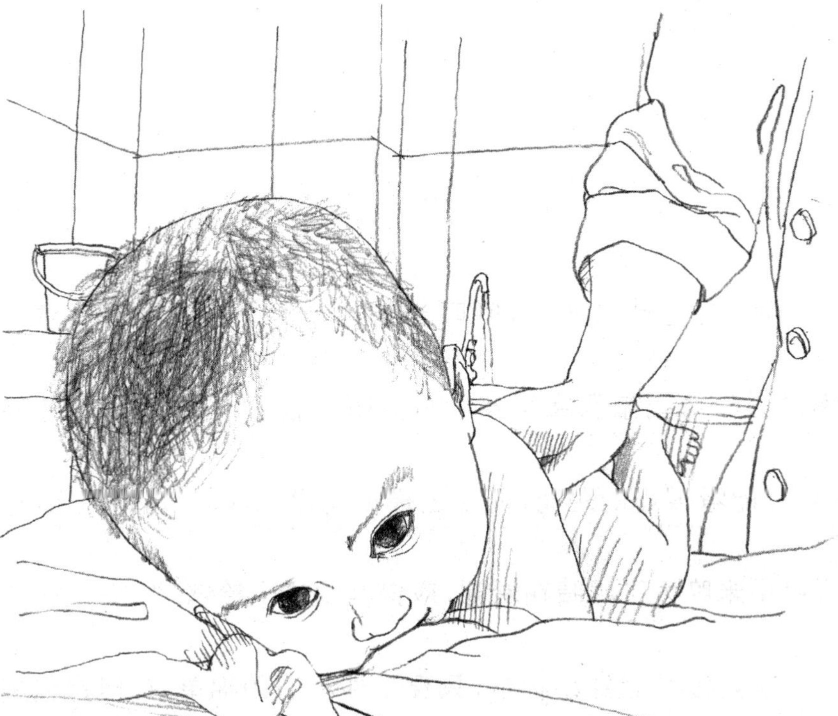

游泳，抚触

　　爸爸、妈妈经常带我到医院游泳和洗澡。第一次来游泳时，我很害怕，使劲抓着桶壁上的塑料纸不敢动。但是，那个阿姨竟然掰开了我的手。我到处都抓不到东西，吓得睁大眼睛，都哭不出声来。爸爸不来救我，竟然还在那边拍照……游泳后要洗澡，洗澡后要抚触，我不喜欢做抚触！阿姨把我翻过来翻过去的，有时按得挺疼。趴着时，我喘不动气，只能使劲抬头，阿姨说这样可以锻炼身体，但是，我的脖子没有力气啊，好累，不做了吧！

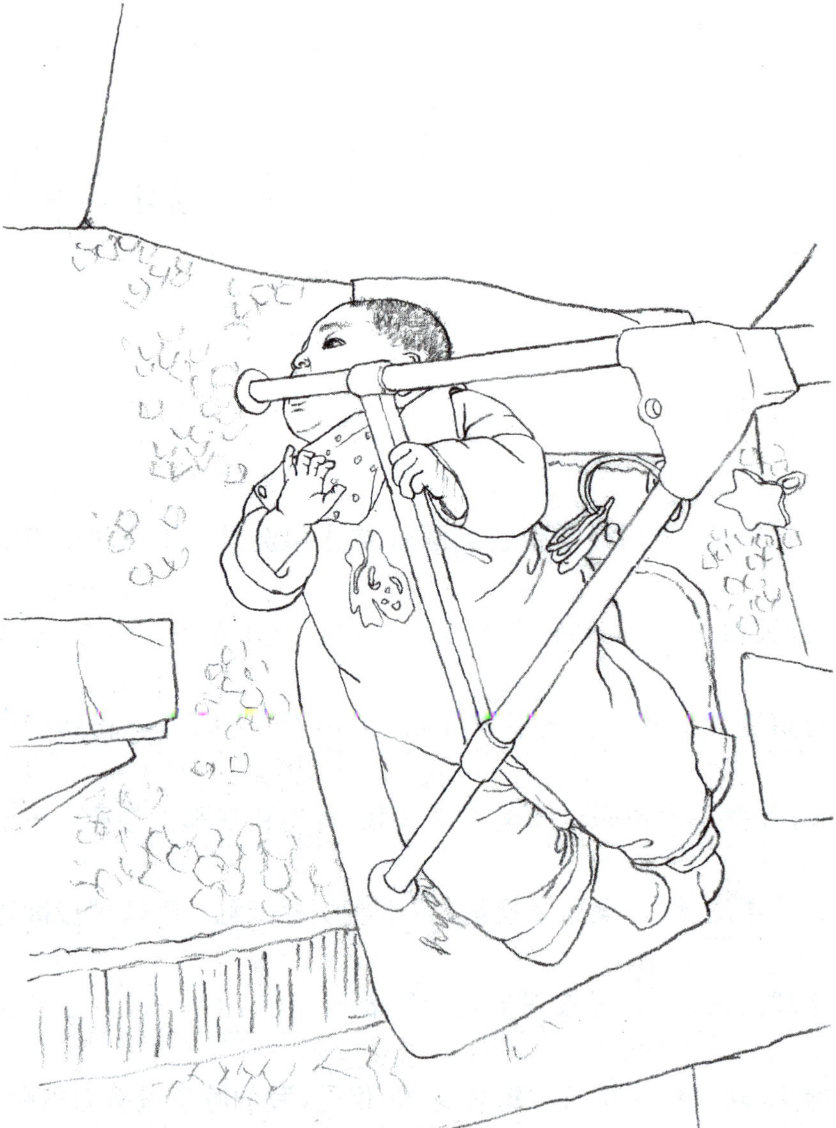

我的玩具架

奶奶回老家了,没人陪我玩,妈妈给我买了一个玩具架。

玩具架上面有很多好玩的东西,各种颜色、各种形状的吊环,

还有星星……我很喜欢它们,响起来叮叮当当的,但是有点

高,我抓不着。我喜欢上下挥舞手臂,这样碰着吊环能听到

声音,每次都可以和它们玩好长时间。可是,妈妈也不能总

是让我跟玩具玩啊,还不来陪我。我有点烦了,我想翻身,可

我还不会翻身呢!不过,这个姿势不错,还有东西啃,挺有滋

味的!

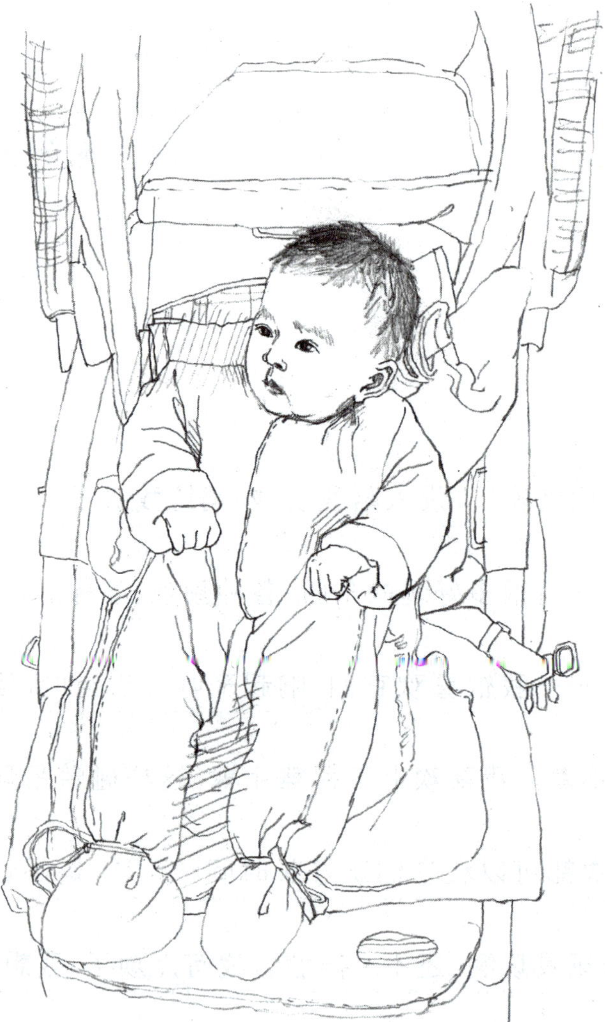

坐推车啦

婶婶把哥哥小时候用过的婴儿车送给了妈妈,妈妈很高兴,说可以省不少钱呢。这是一辆九成新的"小龙哈彼"推车,非常舒适、耐用。在上面可以躺着,也可以坐着,很宽敞。妈妈要给我拍照,让我坐起来,可我还不会坐呀!于是,后背垫上了小被子,胳膊底下塞上了小棉垫,硬是支撑着我坐了起来。天哪,赶紧拍完吧,虽然婴儿车是个好车,但我真的很累!

妈妈,别为了摆姿势,累着宝宝了!

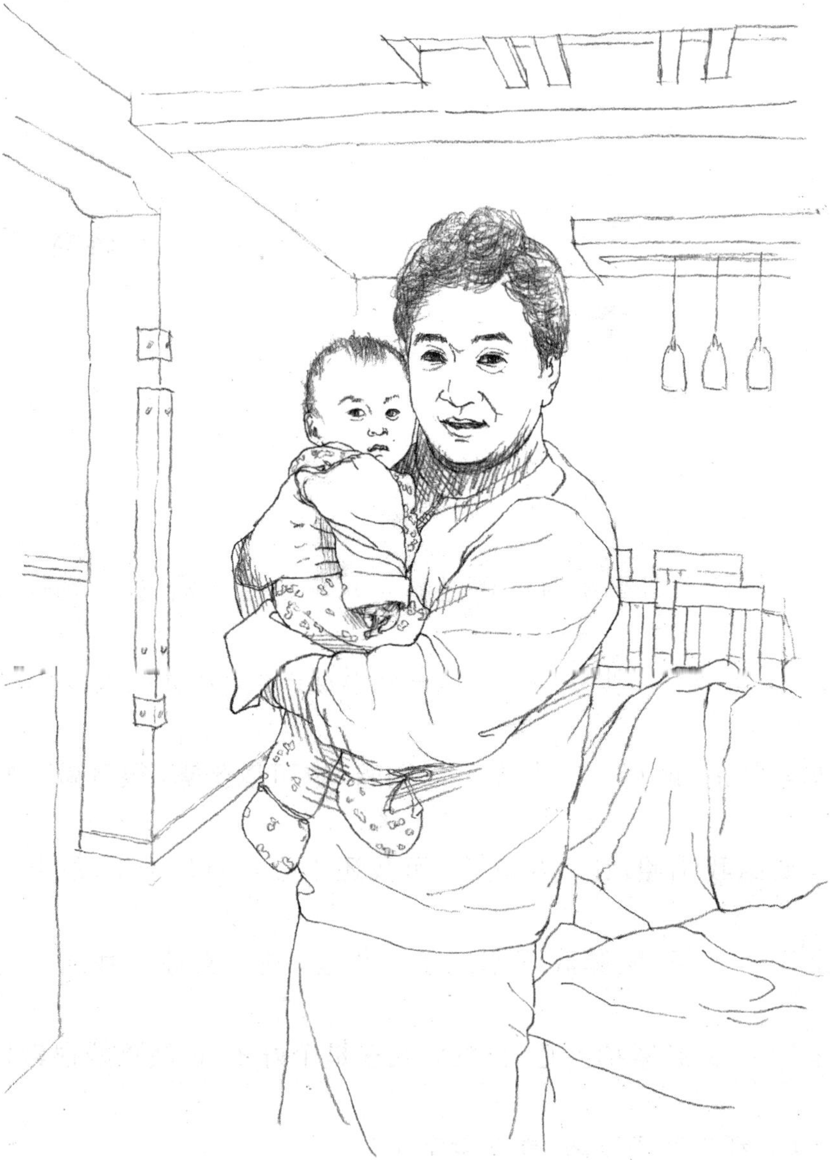

爸爸抱孩子

爸爸天天忙忙忙，很少抱我，我长这么大，爸爸也没抱过我几次。爸爸不会抱宝宝，姿势总是那么别扭！我的脖子没有太多力气，妈妈说，抱的时候要一只手托着屁股，一只手撑着背，不然，容易扭着宝宝的腰和脖子。爸爸使劲搂着我，把我的头靠在他身上。爸爸呀，这个样子我很不舒服。还笑呢，信不信我马上就哭了！不过，我还是很喜欢爸爸的味道啊，爸爸要多多练习，要能够舒服地抱着我呦！

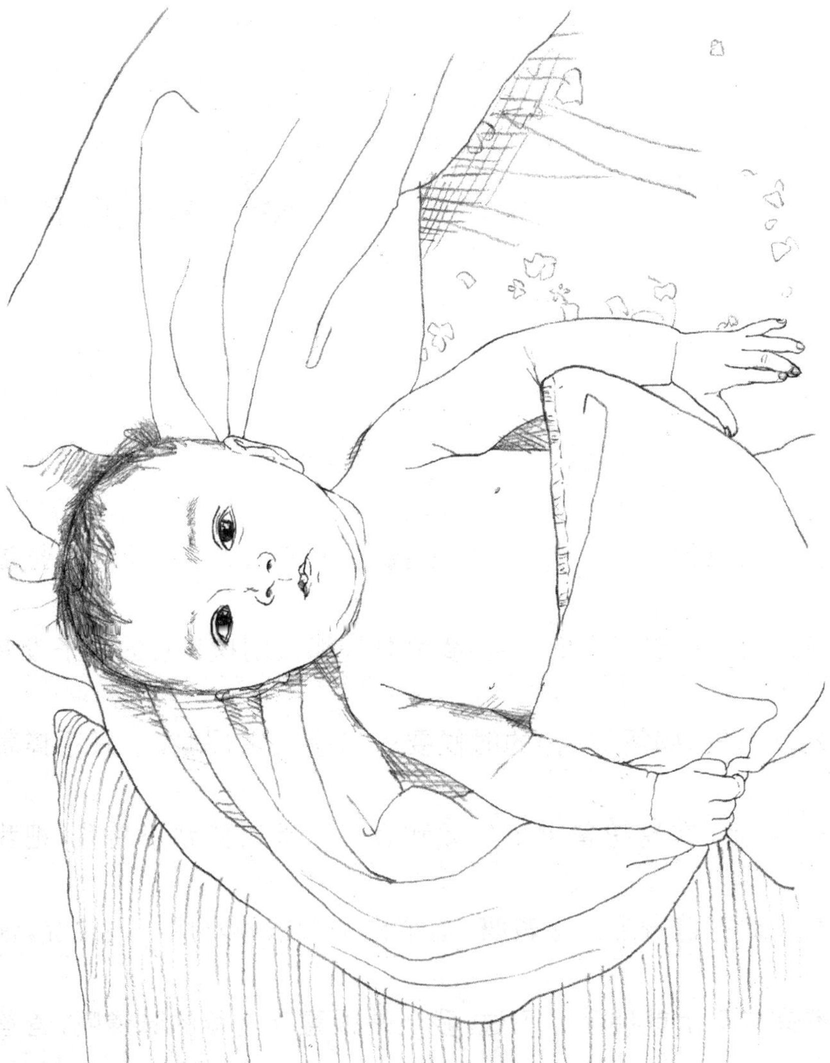

妈妈拍的"百天"照

今天,我"百天"了,阳光不错,照得房子里暖暖的。妈妈

要给我拍一组艺术照,场地是卧室,道具是枕头和柔软的抱

毯。妈妈觉得自己是学设计的,有一定的欣赏水平和眼光,一

定能拍出好看的照片,给我留下美好的记忆!于是我成了"光

光腚",只穿了尿不湿……这样能好看吗?我得多盖点毯子,

现在可还是冬天啊,虽然阳光很好,也开着空调,但还是有点

冷!妈妈说,照得还可以,一会儿再用电脑进行一下艺术加

工,装裱成水晶照,效果就相当不错了!

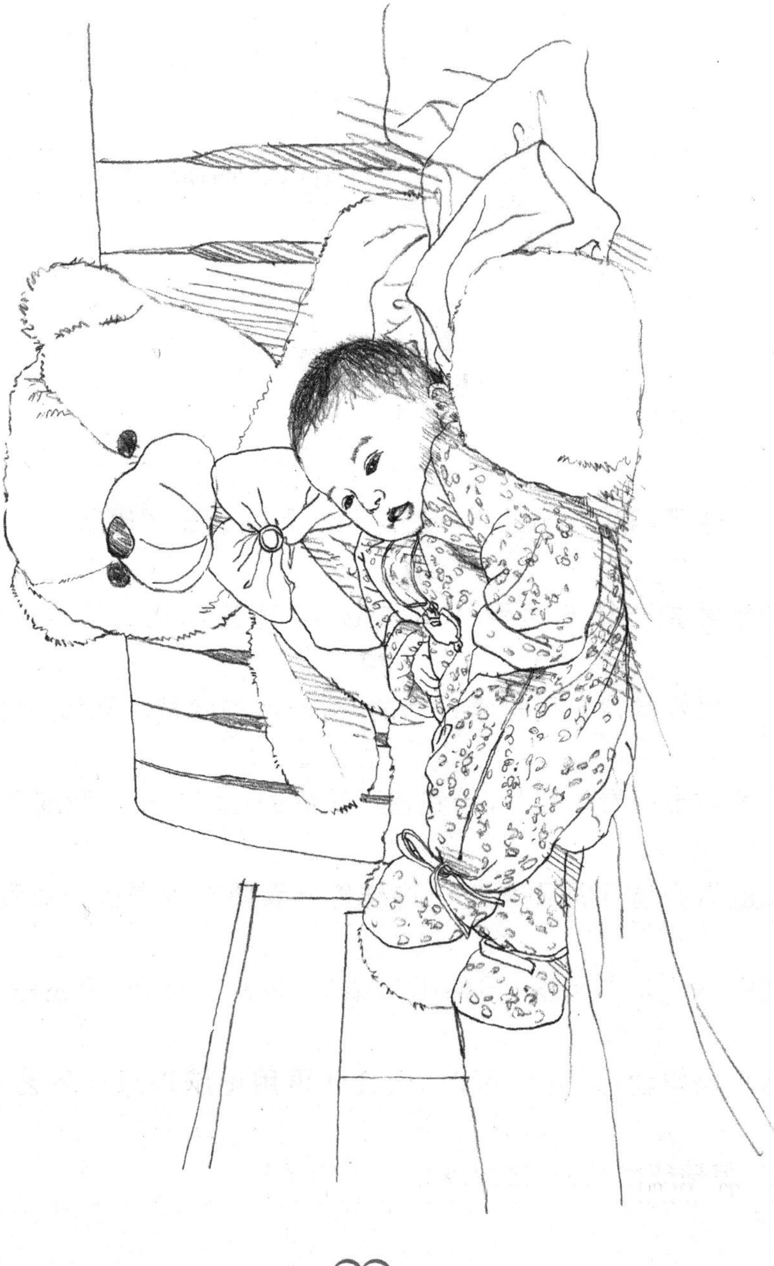

姥姥和阿姨的礼物

　　姥姥给我做了新的连体衣，是纯手工缝制的。红色的底子，白色的小花，很漂亮。但是，衣服做得有点小，而且因为棉质布料没有弹力，第一次穿的时候，我都快累哭了。妈妈说，穿不进去，还是改造一下吧。妈妈在两边的裤腿上各开了一个很大的口子，缝上了拉链，这下穿起来容易多啦！姥姥送了我一把银锁，说戴锁无病无灾，长命百岁。但妈妈只在拍照时让我戴了一会，之后就收起来了，要帮我存着。身后的大熊，是妈妈的同学宋阿姨给我买的，妈妈说，宋阿姨听到我出生的消息，很高兴，特地从很远的地方来看我。大熊比我还大呢，毛茸茸的，挨着它可舒服了，我喜欢大熊。

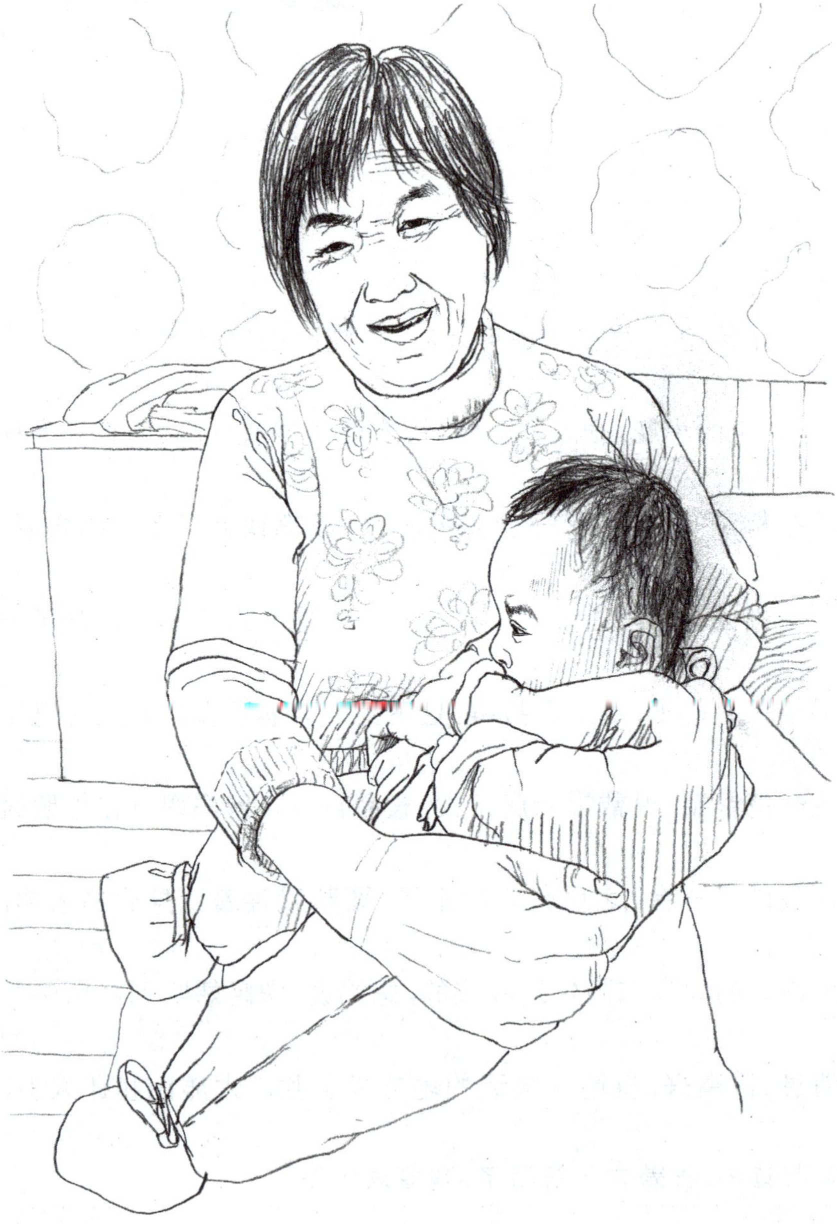

姥姥来看我

姥姥特地从老家来看我，给我穿上她做的新衣服，戴上她买的银锁，抱着我说："小米，小米，快快长大，不哭不闹，让妈妈省心，无病无灾，长命百岁。"因为妈妈是姥姥的孩子，所以姥姥很牵挂她。可是，姥姥您只顾说话了，没看到我不舒服，不想躺着，想起来呢。可是，我的腰没有力气，还不会坐，起不来，只能抬动脖子，先把头撑起来，好累啊！姥姥，我希望您把我立着抱起来，我喜欢以那样的姿势看东西！

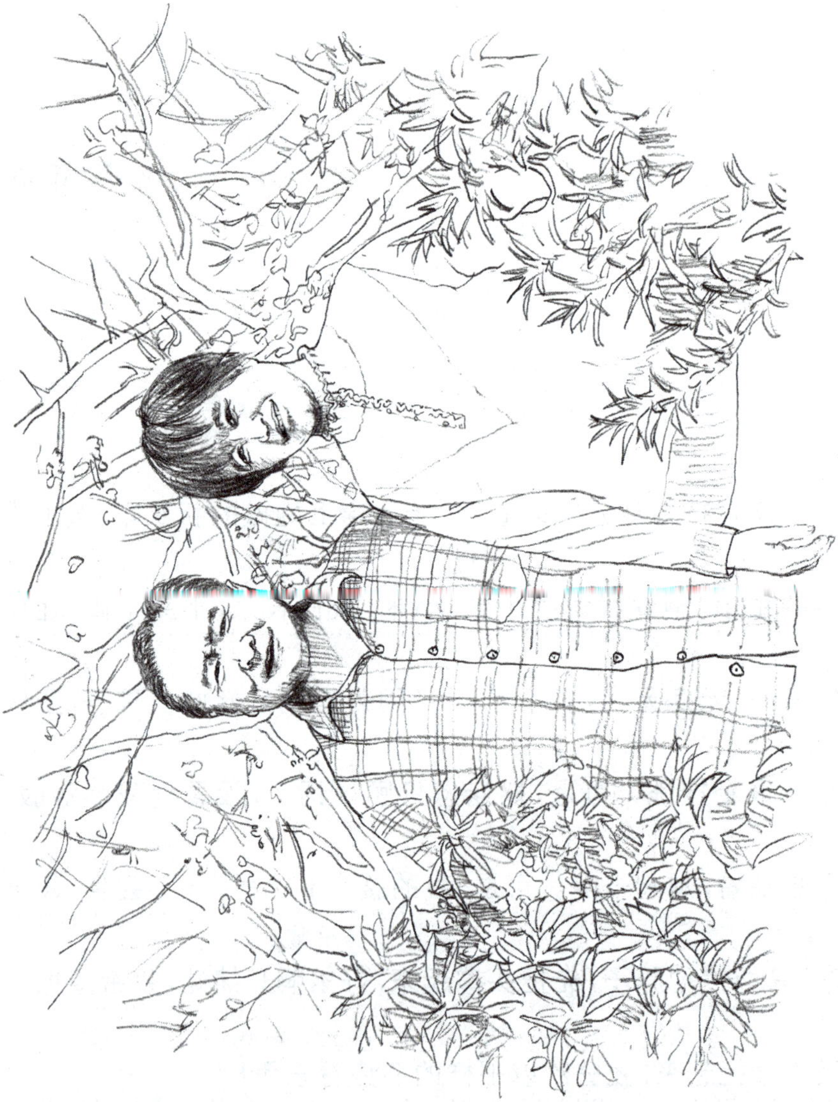

爷爷和奶奶游玩

阳春三月,春暖花开,爷爷和奶奶从老家来了,我们一起去妈妈工作的学校里游玩,这里非常大,非常漂亮,有各种各样的花草树木,有好多小鸟,还有假山和一个很大的湖。爷爷、奶奶玩得非常高兴。这里就像公园一样,有好多人在游玩。桃花都开了,有红色的,有粉色的,爷爷和奶奶在花丛中高兴得合不拢嘴,说明年还来。到时候我就不用坐婴儿车,也不用让别人轮流抱着,可以自己在地上跑了。

姑姑来看我

　　姑姑来我家了，她特别喜欢我，说哪个小宝宝都没有我漂亮，怎么看都好看，总是抱着我舍不得放下。其实，别人都说我长得像姑姑，说现在的我跟姑姑小时候一模一样呢，我也希望长大后能像姑姑一样漂亮！姑姑在银行工作，平时很忙，不能经常来看我。妈妈说，姑姑做事情非常努力，非常上进，工作做得很好，满满的正能量，大家都很喜欢她，希望我也能具备这些优点！

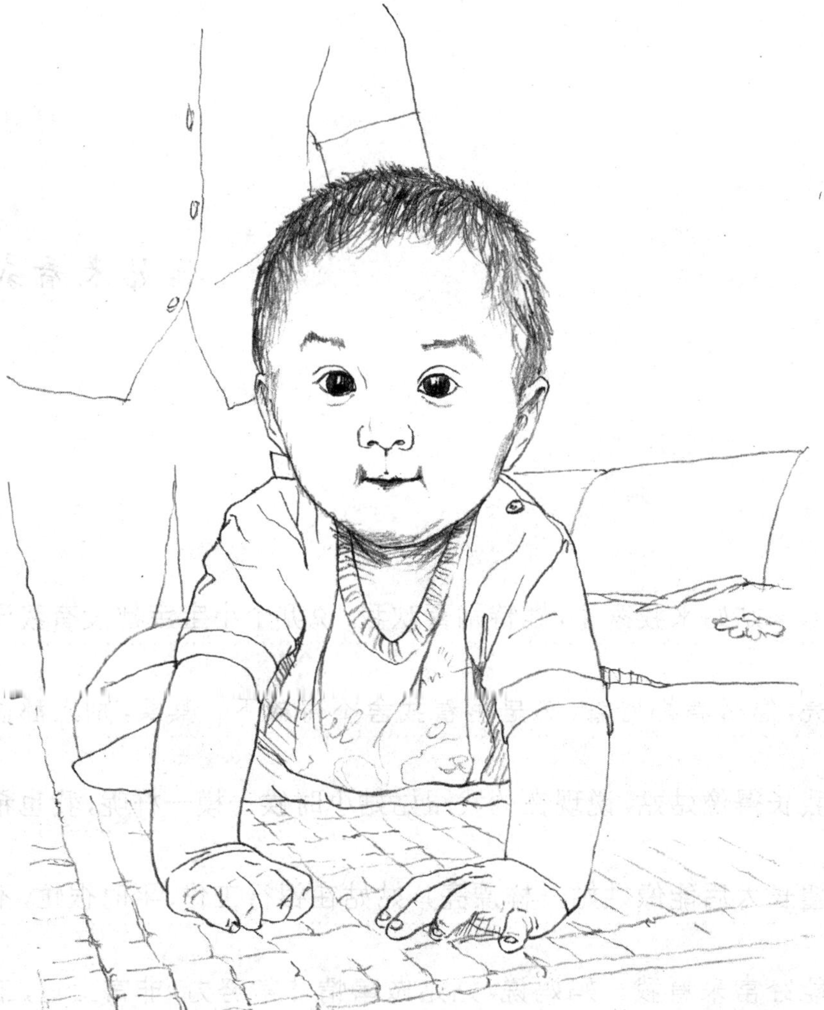

我会爬啦

看我多厉害，可以用胳膊撑起身体，还能从沙发那边爬到

这边！我喜欢用手和右腿爬，觉得左腿力气不够大。奶奶怕

我摔着，总是在我身后寸步不离。现在，我不想躺着，只想到

处爬爬、看看。但是，我的爬行区域一般仅限于床和沙发，而

且，沙发上的这个竹块凉席还有点硬，有时候会夹住我的衣

服。我真想满世界爬！妈妈啊，奶奶啊，在你们确保安全的范

围内，多给我些可探索的空间吧！

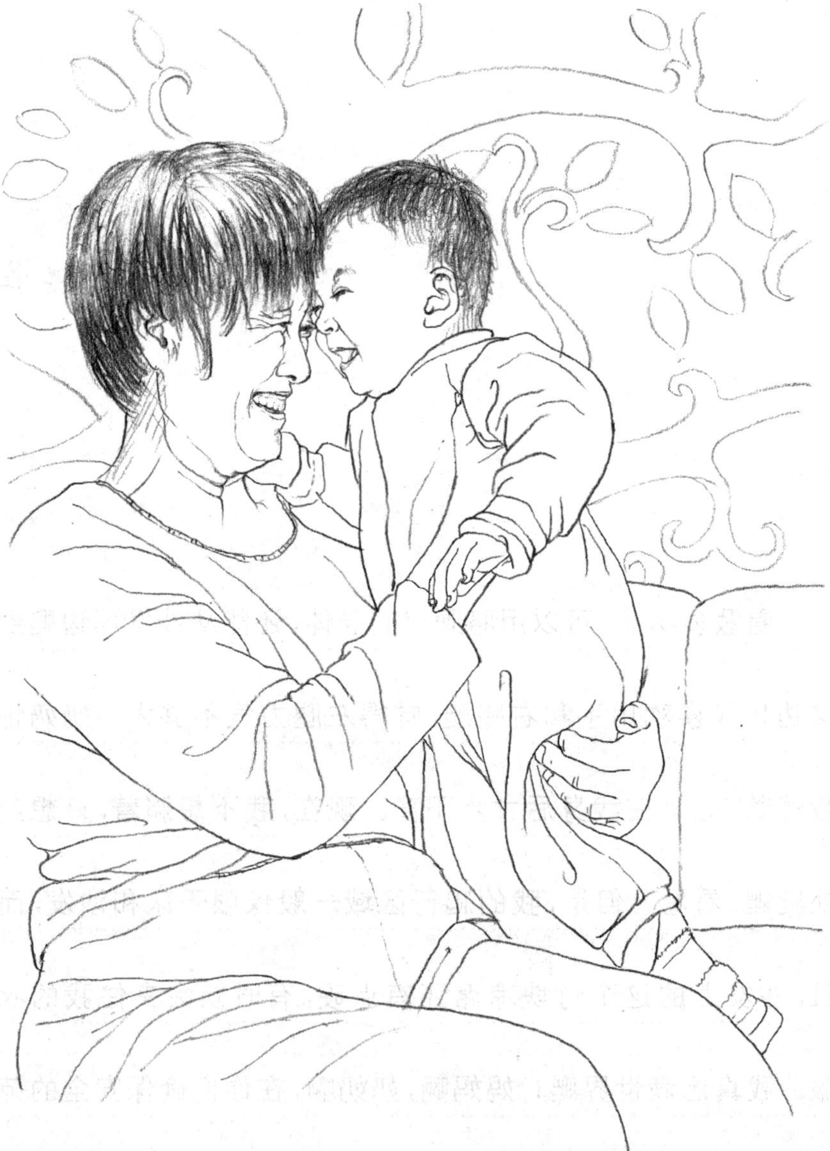

和奶奶玩"顶头"

我喜欢和奶奶玩顶头的游戏,觉得自己的头很硬,力气很大,很厉害,因为奶奶总是输给我。每次玩这个游戏,我都很高兴,把头顶疼了也不哭。沙发后面是妈妈做的墙绘,一棵非常漂亮的大树。大树有粗壮的黑色枝干、嫩绿的叶子、柔美的形态,上面还住着一只小鸟。奶奶说,小鸟不能是一只,否则不好看,也不吉利。于是,妈妈在远处添加了一只朝向大树飞的小鸟,现在变成两只了!我喜欢这棵大树,在树下玩,感觉很幸福。

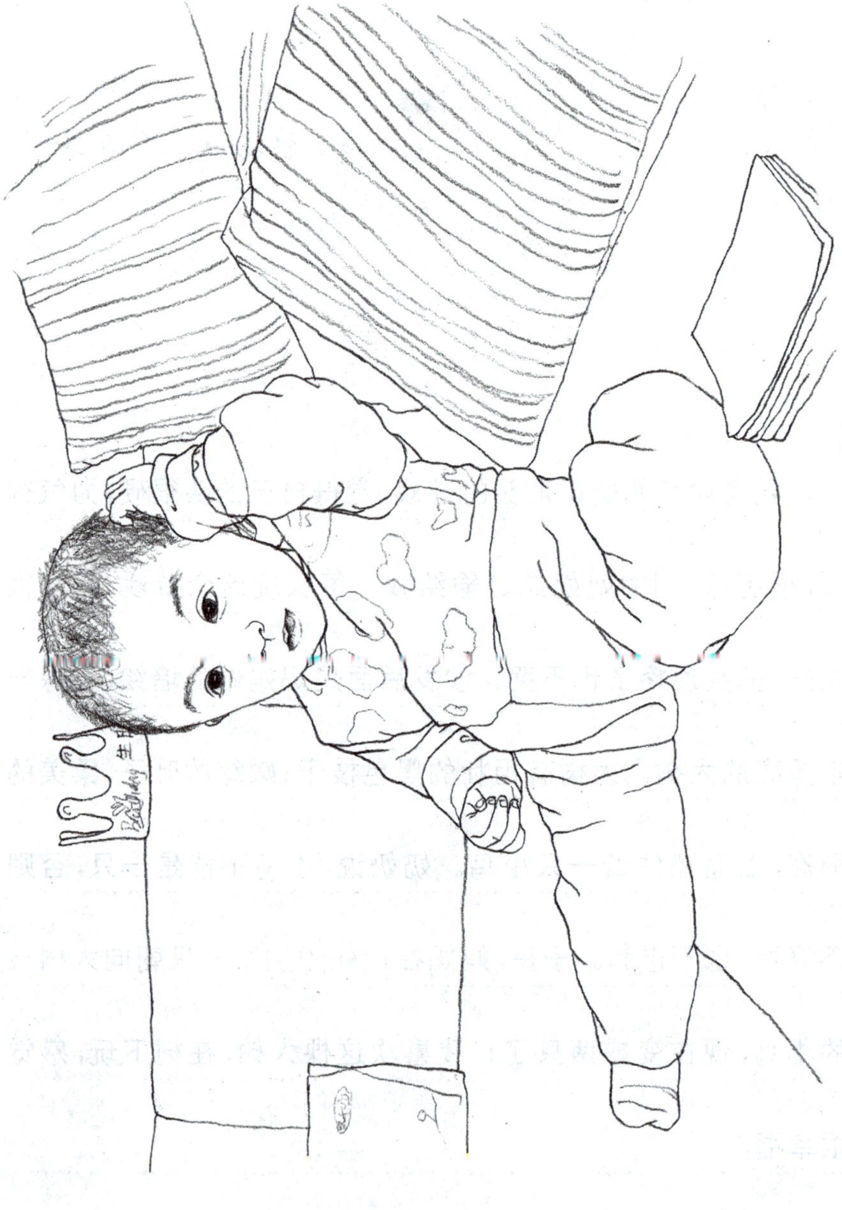

爸爸的生日

今天是爸爸的生日,妈妈买了个大蛋糕。妈妈说,再过一个多月,我就一岁了,也要过生日。我戴了爸爸的生日帽,当我过生日时也会有自己的生日帽,好期待啊!不过,过生日真麻烦,爸爸、妈妈、叔叔、阿姨一直在喝酒,好长时间都没吃完饭,只让我自己看《花园宝宝》。依古·比古带唔西·迪西看了花园里最漂亮的花,小点点们在捉迷藏,他们玩了好长时间。现在玛卡·巴卡、依古·比古都去睡觉了,飞飞鱼和哈呼呼也停下来睡觉了,妈妈,你们什么时候睡觉啊?我困了!

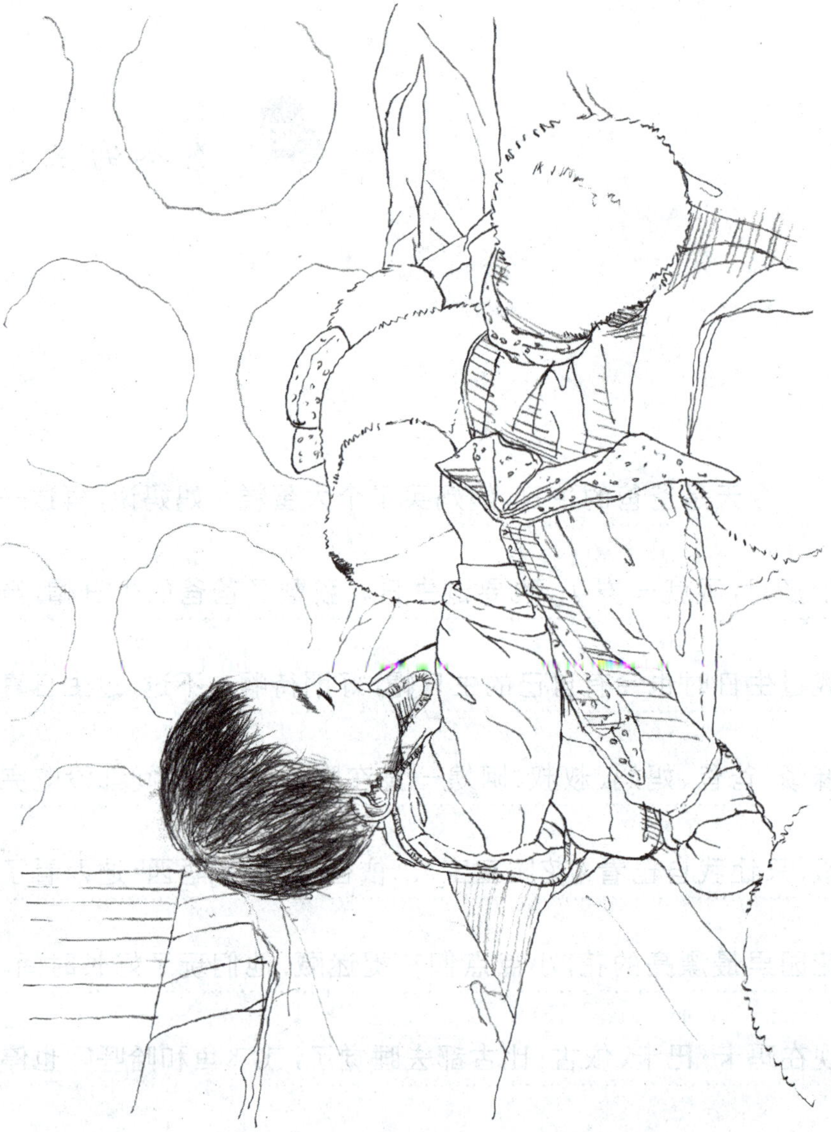

穿裙子的小熊

　　爸爸的朋友,一位阿姨给我买了一只毛茸茸的小熊,比我的大熊要小一点。小熊是个"女孩"呢,穿着非常好看的裙子,还系着蝴蝶结,我很喜欢它。小熊,咱们做朋友吧,我和你说悄悄话,给你唱歌……你能听懂吗?我也想穿漂亮的裙子,但是妈妈说,现在是冬天,穿裙子会冻得生病。我可不想生病,上次爸爸生病了,一直说难受呢。妈妈说等天气暖和了,就给我买最漂亮的裙子,上面也要带蝴蝶结!

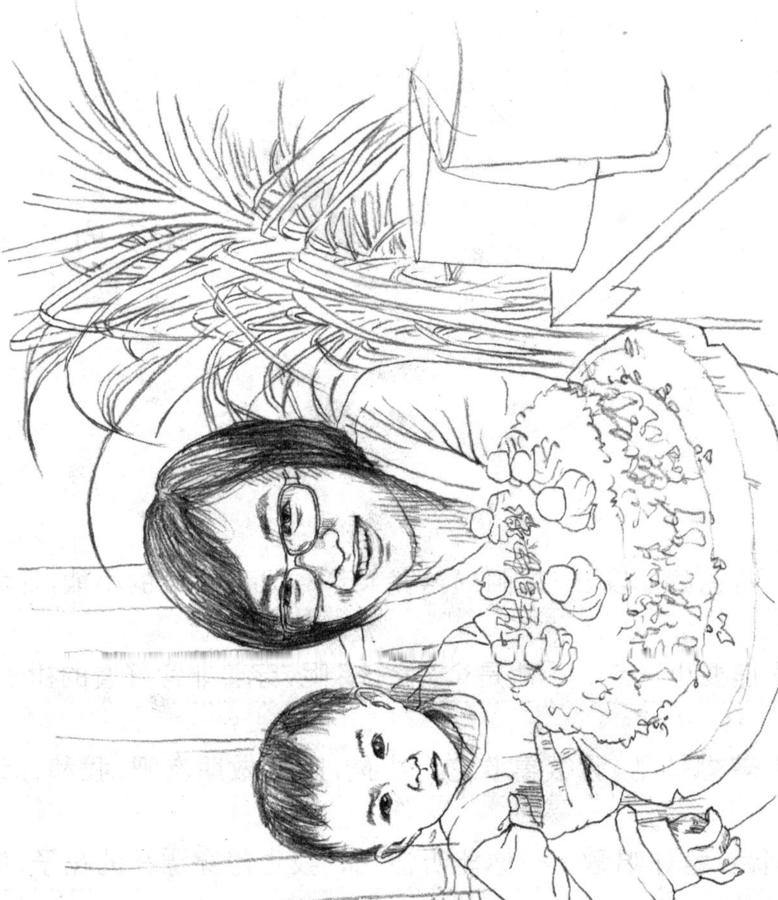

我的一岁生日

我一岁了，过生日了。妈妈给我买了个非常漂亮的蛋糕，白色的奶油上面有红色的樱桃，还写着"生日快乐"！淘淘哥哥和大家一起给我唱了《祝你生日快乐》。有个带蜡烛的东西可以播放《祝你生日快乐》这首歌的音乐，大家都觉得有点吵，但是关不掉，爸爸把它拆开了，还一直在响！淘淘哥哥抢了我的哨子玩具，婶婶要他也不给，我不高兴了，妈妈让我拍照，我也不愿意了！叔叔抢过哨子还给我，淘淘哥哥就哭了……

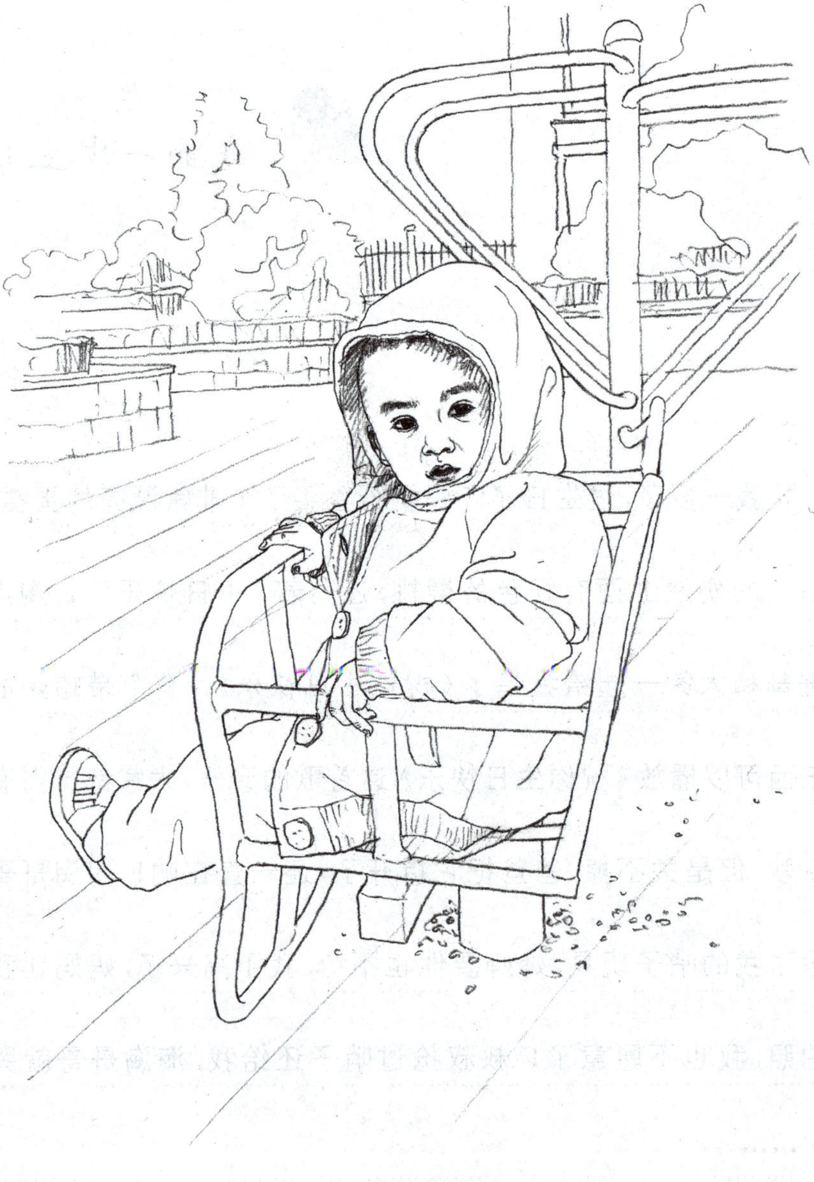

玩秋千

楼下的小区里有个花园,花园里有个带座位的小秋千,中间的粗柱子固定在地上,柱子两侧各有一个座位。这种座位很安全,就是有点凉,之前妈妈都把她的围巾给我垫上,但是今天没带围巾,就这样坐吧。妈妈把我荡得很高,我也不害怕。

在这个小秋千的旁边还有个大秋千,是用铁链做成的,那是给大哥哥、大姐姐坐的,我太小,不能自己坐那里。但是,妈妈可以抱着我坐,我们可以荡得非常高,很好玩。

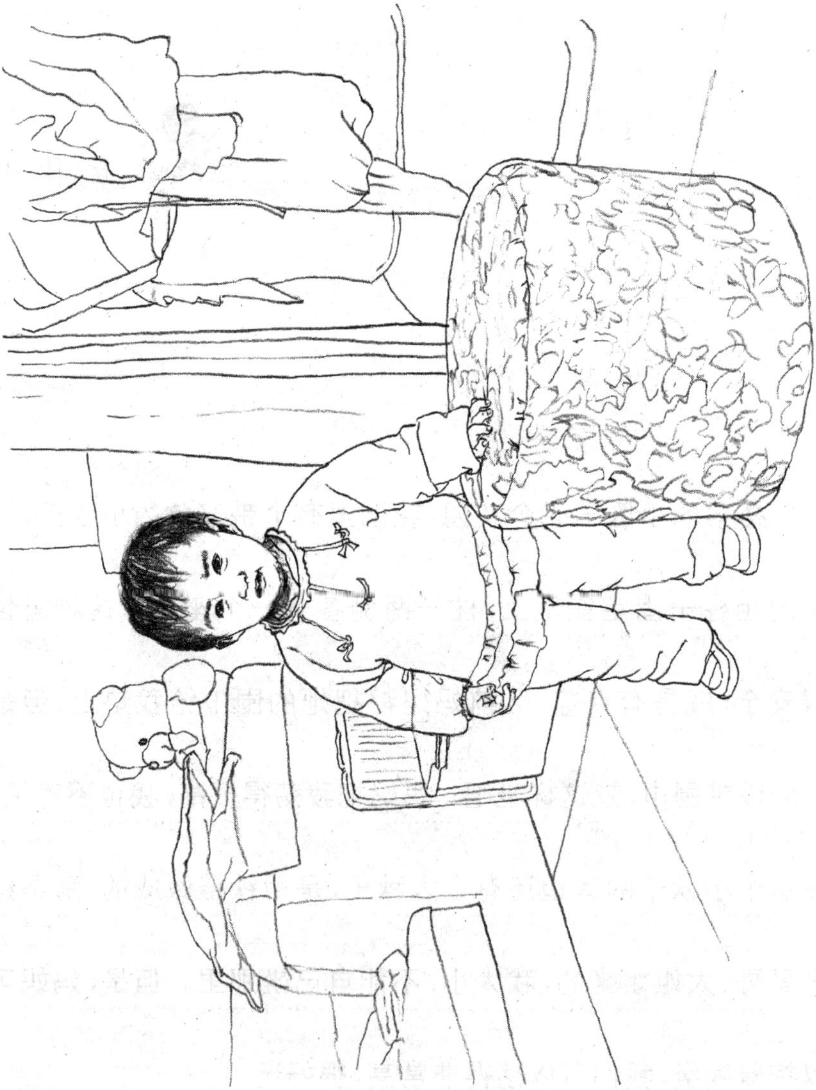

新罩衣

家里的暖气不热，妈妈嫌窗户漏风，重新加装了一层，但是，房子里的温度还是上不去，妈妈很恼火。奶奶怕我冻着，给我做了棉裤、棉袄，妈妈说有暖气还要穿棉裤、棉袄，令人哭笑不得。妈妈给我买了一件粉色的罩衣，有三个蝴蝶结，还有一圈雪纺材料的花边，很漂亮。妈妈说，棉花做的袄弄脏了没法洗，还得拆了重做，很麻烦，这个罩衣好洗，套上它就不怕脏了。而且，我觉得这个罩衣和小熊的裙子一样漂亮！

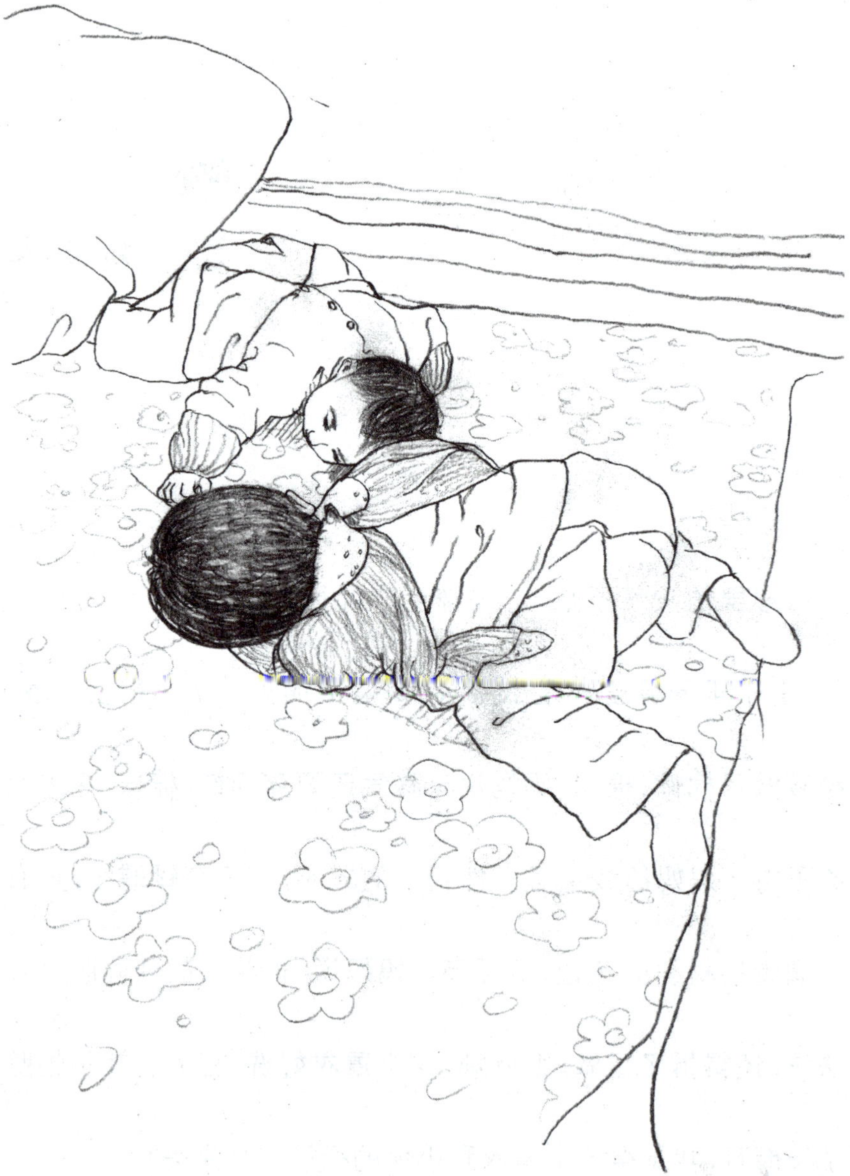

我和小表姐

　　妈妈带着我到了姥姥家,这里还有姥爷和小舅舅一家,他们住在一起。我的大舅舅,住在很远的另一个城市。小舅舅家的小表姐比我大六个月,但妈妈说,她和我的岁数是一样的。小表姐很喜欢跟我玩,但是,她长得很强壮,和我抱在一起时,总是把我绊倒!有的时候我就哭了,要妈妈带我赶紧走,回奶奶家,奶奶会保护我!虽然这样,我们仍然是好朋友,喜欢做同样的事情,她干什么,我也干什么。我们最喜欢爬到软软的床上玩模仿的游戏,她跳一下,我也跳一下;我趴下,她也趴下。真是太好玩了!

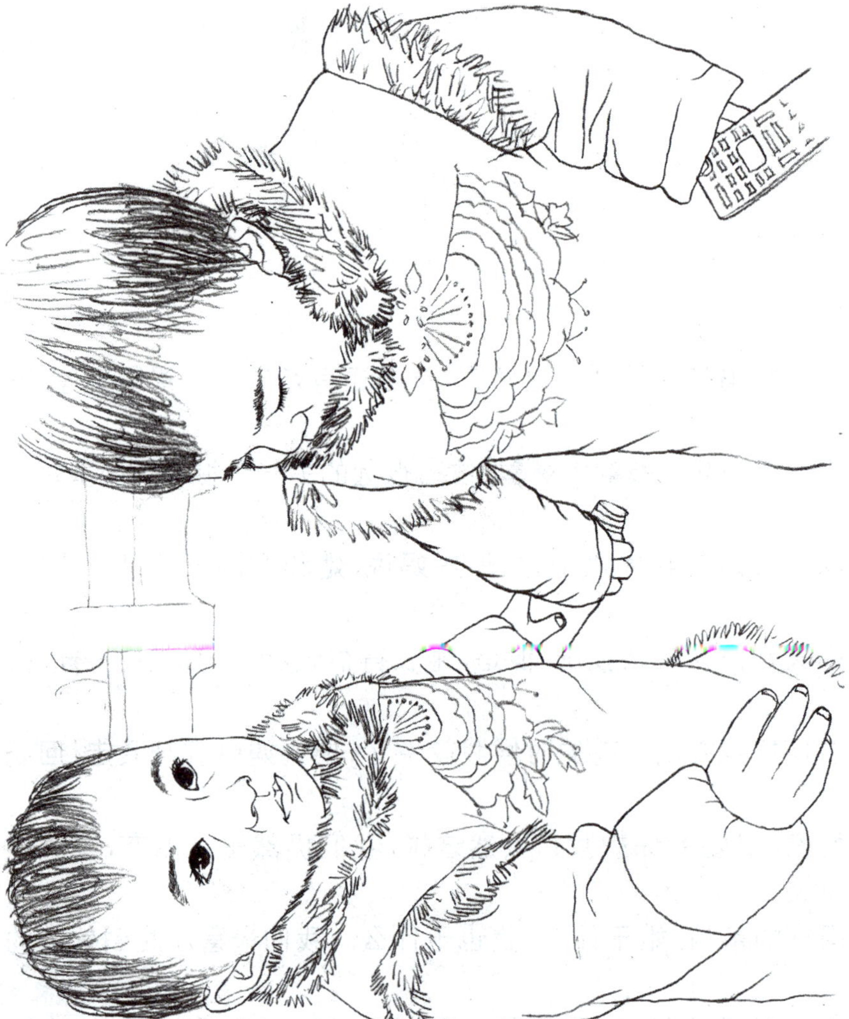

"双胞胎"穿新衣

要过新年了,妈妈给我和小表姐买了一样的新衣服,是大红色的旗袍棉服,带有毛茸茸的白色压边,又漂亮又暖和。我和小表姐一起穿上新衣服,别人都说像双胞胎,我们都不想脱下来了。虽然我们是好朋友,还穿着一样的衣服,但小表姐总是抢我的东西,我拿什么,她就来抢什么,舅妈批评她,她也不听。小表姐比我大,也比我强壮,我抢不过她。妈妈,快来啊,小表姐抢了我的遥控器,又来抢我的瓶子!

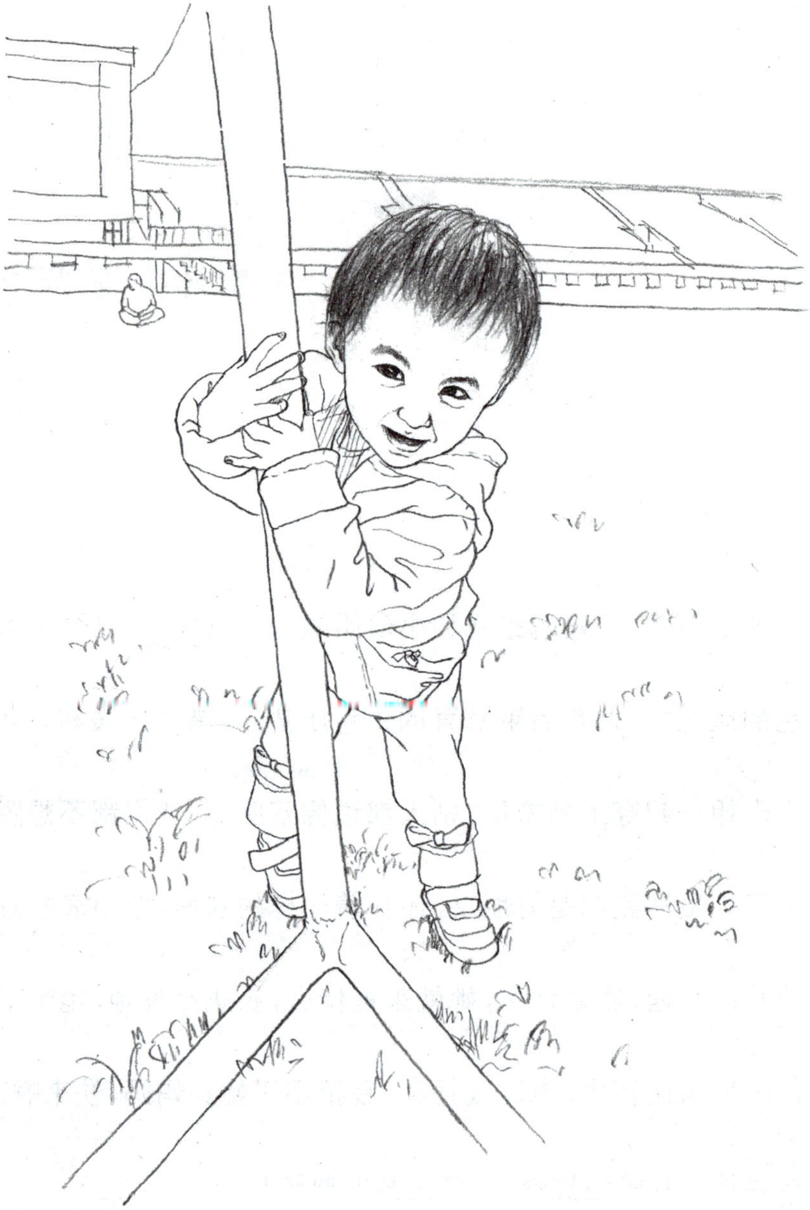

在体育场玩耍

妈妈工作的学校有一个很大的体育场，中间是踢足球的草坪，我们每次来玩，都有很多人在踢球。我喜欢在球门杆这里玩，有时踩在底部的杆上面玩平衡游戏，有时在立杆的地方玩瞅"叭"的游戏。我在杆的左边探出头，说"叭"，妈妈对着我说"叭"；我再挪到杆的右边探出头，说"叭"，妈妈再对着我说"叭"，左边来，右边去，一直这样玩。最后，妈妈都不跟我玩了，说："好了，好了，我们再玩其他游戏吧。"

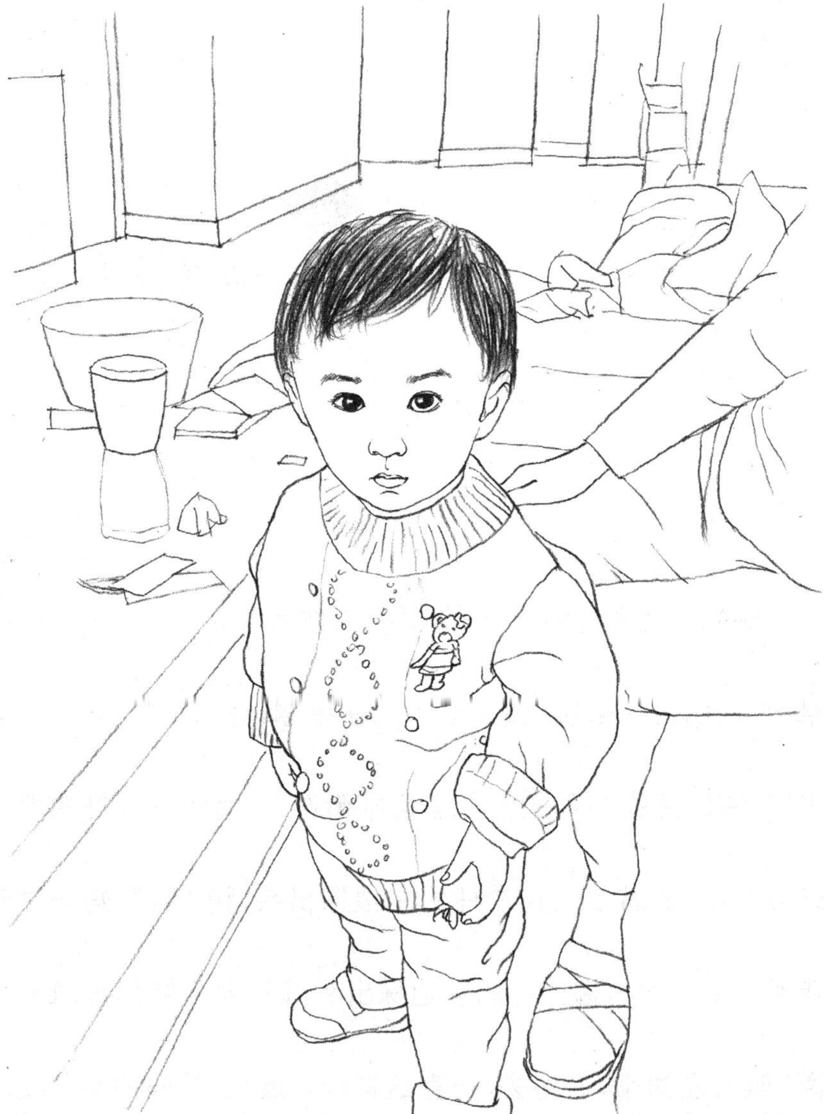

到姑姑家做客

　　爷爷、奶奶带我来了姑姑家，这里很大，有很多好吃的，也有很多好玩的。姑姑给我买了绣着小熊的粉色毛衣，上面还有很多漂亮的白珍珠，我穿上很暖和，爷爷、奶奶一个劲儿地说好看。姑姑还给我拿了小西红柿吃，有点甜，还有点酸酸的，很好吃。但是，妈妈没有来，我想她了。爷爷说："才离开不到一天就想妈妈了？"奶奶说，这里离家很远，爸爸忙，没空来接我们，要在这里住几天。可是我真的想妈妈了……

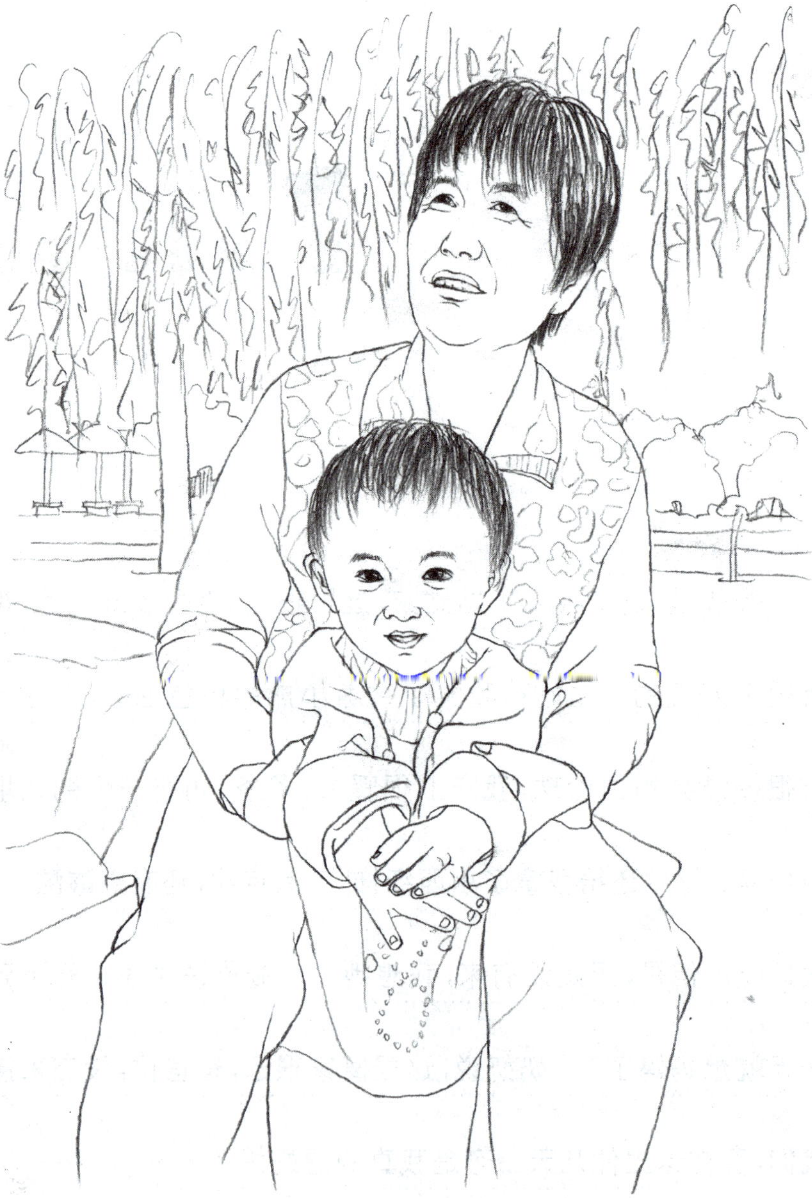

湖边游玩

妈妈工作的学校鸿远楼的北面有个小湖，上面有座弯弯的桥，白色的石柱很漂亮。湖边有几棵大柳树，树下有块大石头，可以坐在上面，还有用石头做成的棋子坐凳。妈妈、奶奶和我经常来这里玩，我喜欢在弯弯的桥上爬上爬下，也喜欢从一个棋子坐凳跳到另一个棋子坐凳。妈妈给我找了一根树枝，我们到湖边去逗小鱼。湖里有好多小鱼，还有青蛙，它们都很可爱，但是，妈妈指着一个牌子"水深，禁止垂钓"，说我们不能离得太近，很危险！奶奶也说，不要到处跑，水边没有护栏，要注意安全。

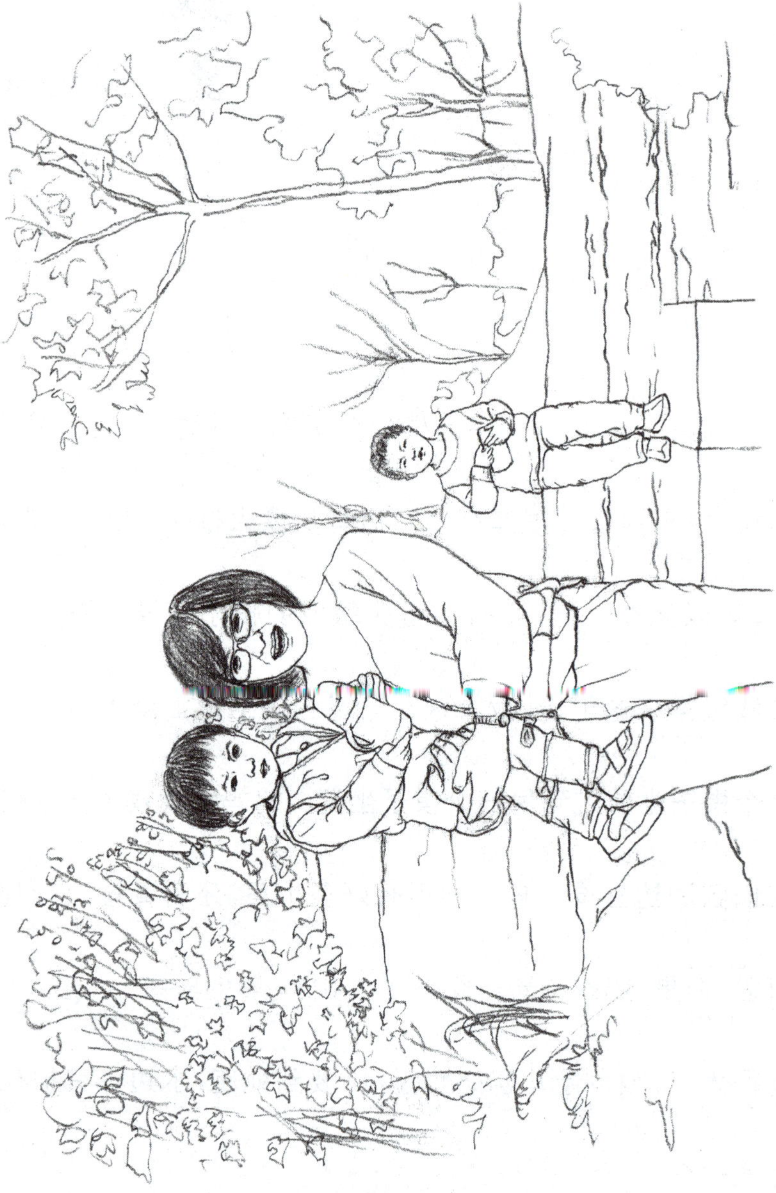

爬山

　　妈妈工作的学校里有座小山，山上到处都是树和花，山顶有个亭子，山下有个很大的湖，非常漂亮。平时就有很多人到这里玩，现在天气温暖，鲜花盛开，来的人更多了。妈妈说这是个花园式学校！我和妈妈，还有叔叔一家，也来爬山。虽然山不太高，但我还是爬得很累，总想让妈妈抱着。淘淘哥哥却不累，他还故意不走台阶，专门在路边的大石头上跳上跳下，婶婶说这样很危险，但他就是不听。

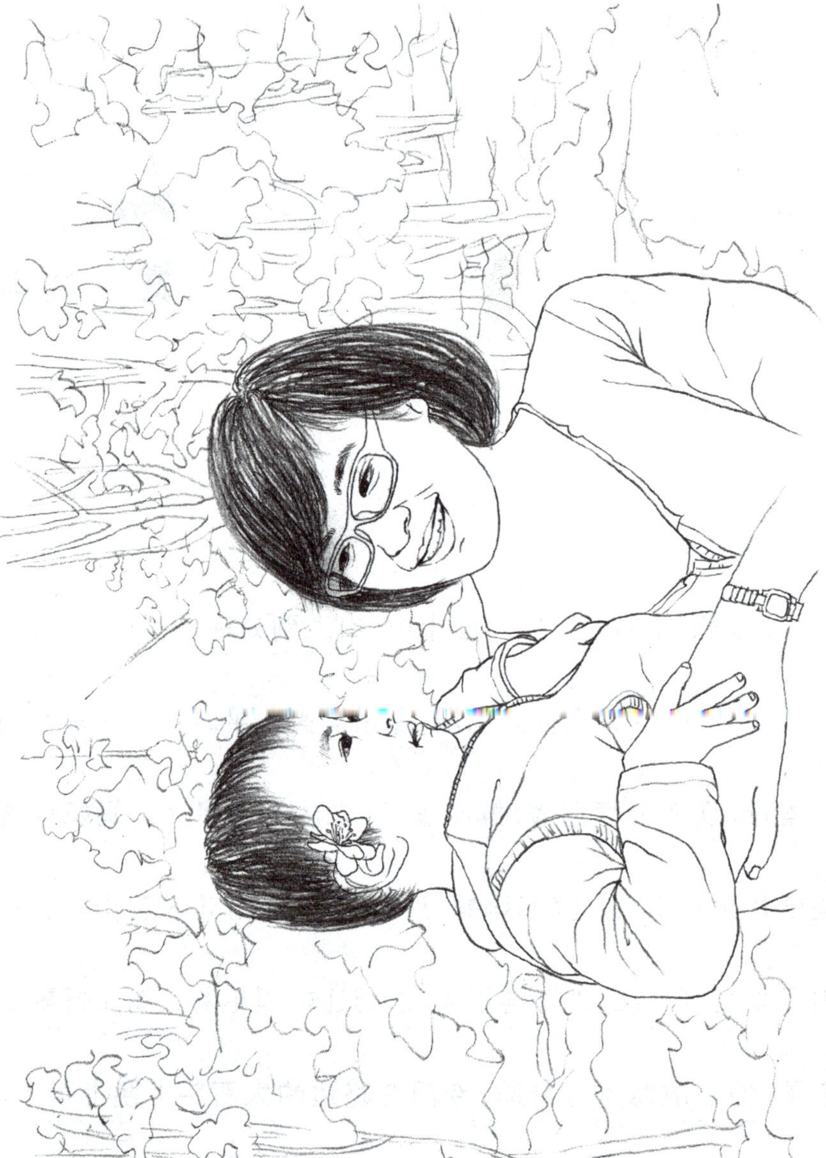

游"稷下小山"

　　妈妈工作的学校稷下湖边的山,妈妈称它为"稷下小山"。

天气转暖,山上开满了各种颜色的花。东边的山脚下有很多

紫荆树,盛开的紫荆花形成一片紫色的海洋。妈妈说:"去'稷

下小山'玩吧。"就让我坐在电动车后面的小板凳上,骑车带

我来爬山了。

　　妈妈摘了一朵很大的花,插在我的耳朵上,我都不敢动

了,怕它掉下来。妈妈说我变成了花姑娘,好几个爷爷、奶奶

也说:"小姑娘长得真漂亮。"我有点不好意思了。我跟妈妈说,

要戴着这朵花回家,睡觉也不摘下来!

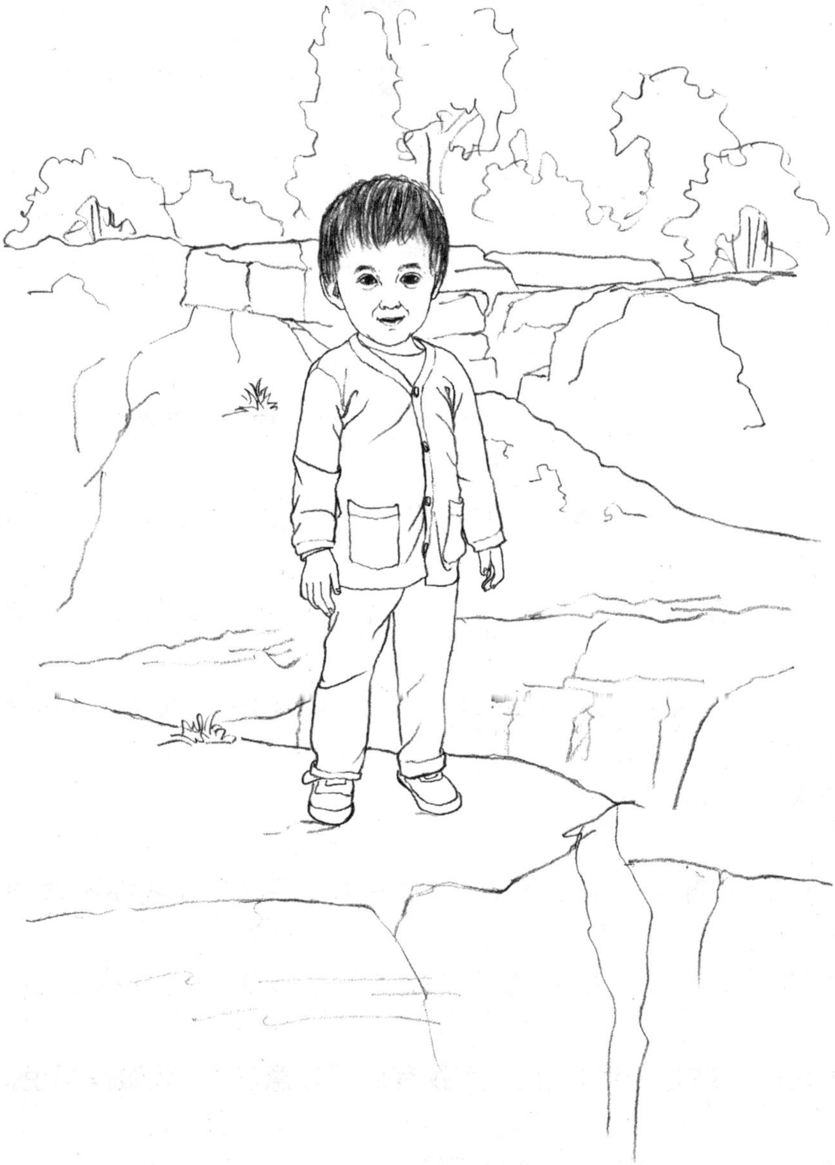

游湿地公园

离爷爷家不远处正建设一个湿地公园，我和爸爸、妈妈还有姑姑来这里玩。这里有一条河，河里有高高的芦苇，河边有很多石头和土堆。我捡了一些小石头玩，还从一个土堆爬到另一个土堆，衣服都脏兮兮的了，但是妈妈没有说我，因为她和姑姑也在爬上爬下！爸爸在到处找野菜，一直跑到很远的地方。每次出来玩，爸爸都喜欢找野菜或者逮蚂蚱，他说从小就喜欢这样，要是有网，他还能逮很多鱼呢，爸爸真厉害！

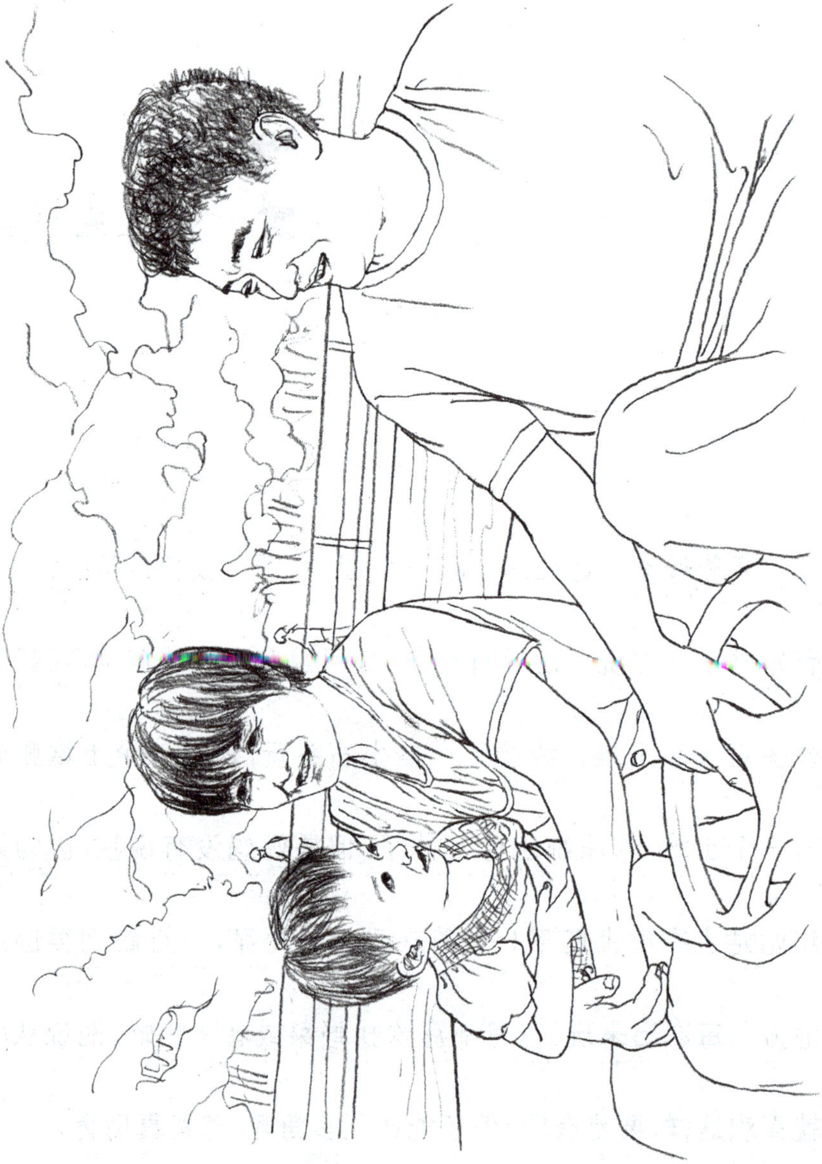

坐船

爸爸、妈妈、奶奶和我到公园玩,这里有个很大的湖,湖里有好多船,我也想坐船。爸爸说小米想坐咱们就坐吧。爸爸给了管理的叔叔钱,我们就坐上了一艘船。船下面有转动的轮子,可以推动船往前走,但是要有人踩船上的蹬子,轮子才转。

我想踩,但是没有力气,踩不动。爸爸踩了一会儿后说很累,于是爸爸、妈妈开始轮流踩,我和奶奶就在旁边给他们加油。

我们玩得非常高兴,好喜欢一家人一起出来玩啊。

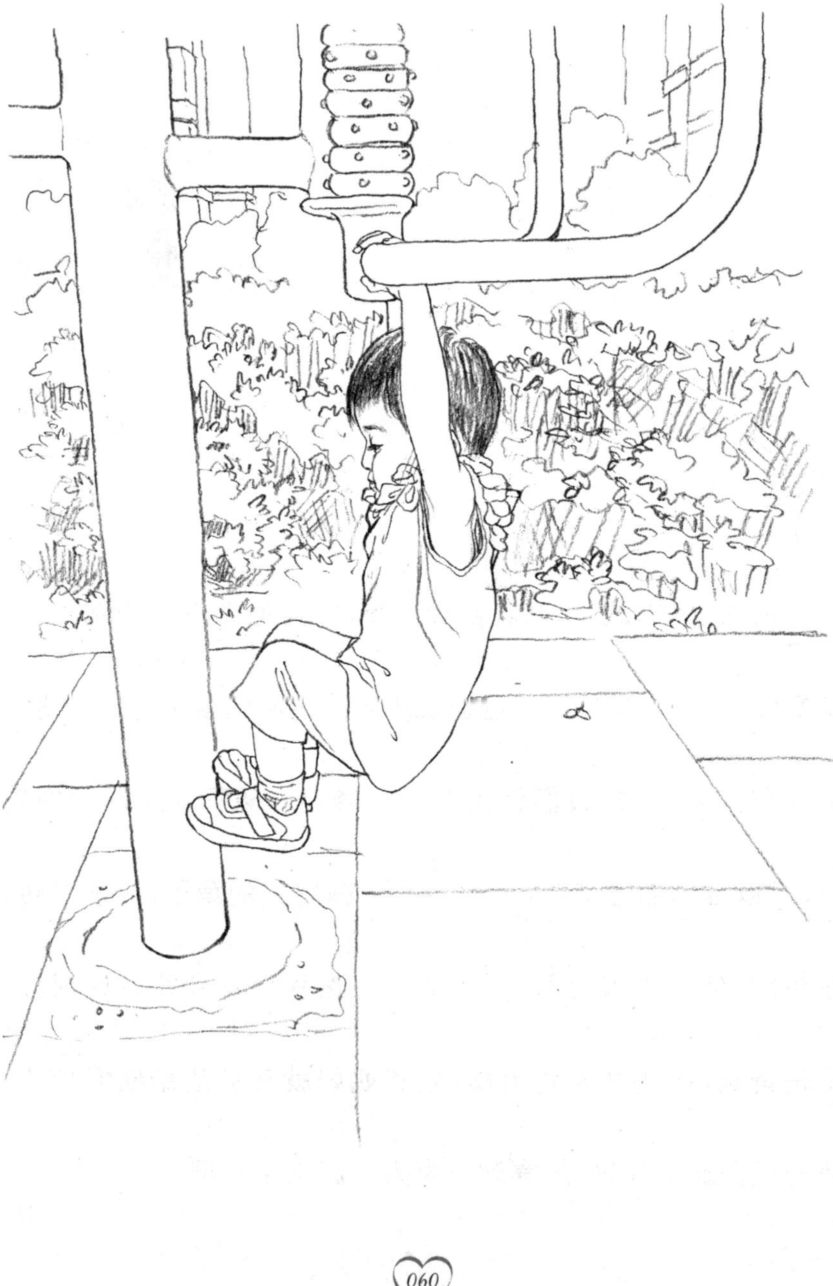

我的胳膊力气大

我喜欢在楼下的小公园里玩，那里有很多健身器材，我把它们当作玩具。大人们在健身器材上敲背、扭腰、锻炼胳膊，我却最愿意在上面挂着，用胳膊荡秋千，别人都夸我厉害呢！

其实，我还能抓住更高的地方，就是小公园前面的双杠，只要爸爸、妈妈把我抱上去，我也能在那里荡秋千！虽然我的胳膊力气很大，但是奶奶每次都很担心，怕我摔着，不让我上去，我只能在矮的、可以抓得到的地方玩了，这也是锻炼身体啊。

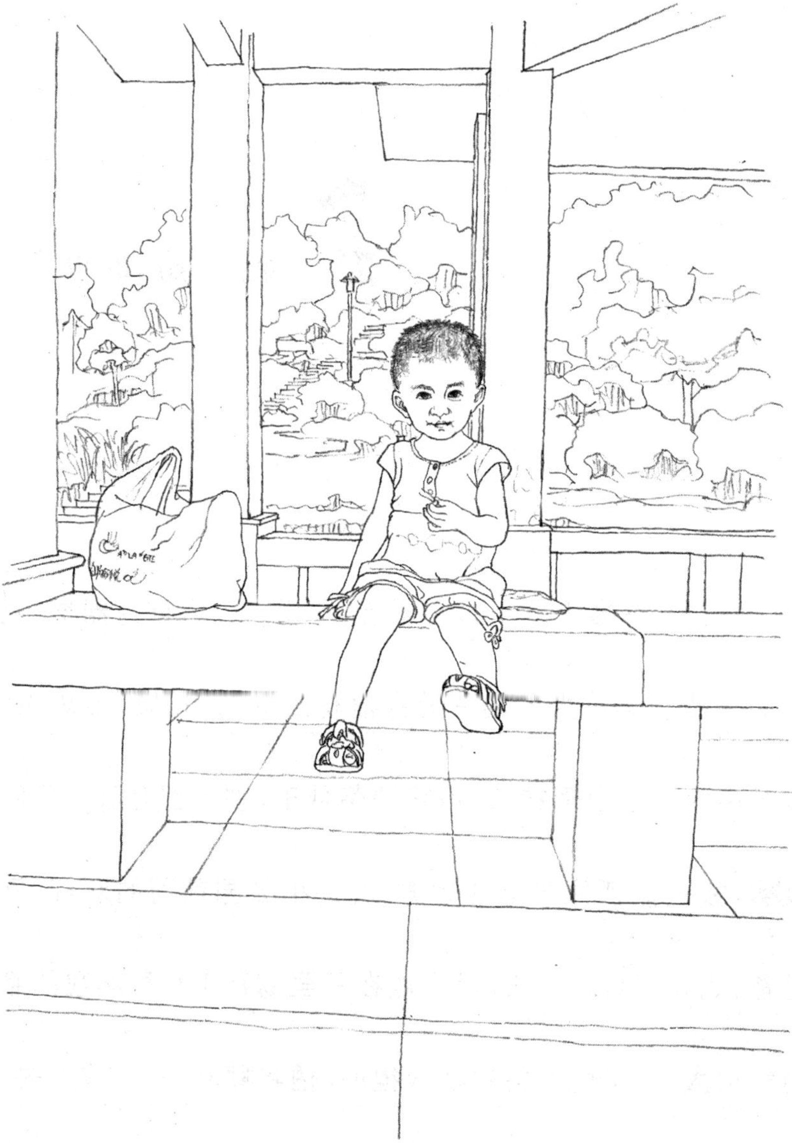

培养好习惯

　　妈妈学校的稷下湖边有个凉亭。妈妈和我去超市买了很多好吃的东西，在凉亭里一边吃一边看风景。湖面很大，从上面刮来的风非常凉爽。吃了东西后产生一些垃圾，妈妈不让我往地上扔，说要保持卫生，这么漂亮的景色，我们不能让垃圾把它破坏了！我拿着饼干袋和一盒薯片的包装纸跑到花坛边，把它们扔到垃圾桶里了。大家都夸奖我，妈妈说不管是在家里还是在外面都要养成讲卫生的好习惯。

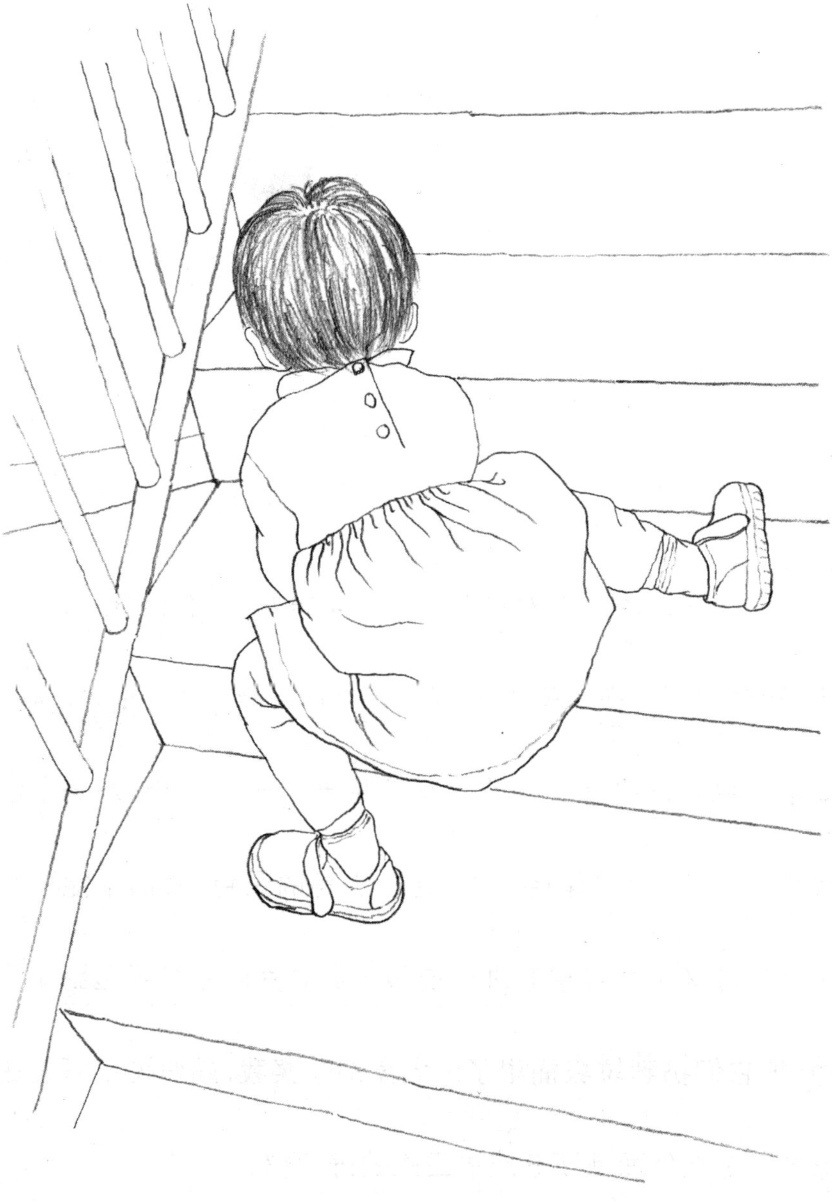

手脚并用爬楼梯

今天和小朋友们又跑又跳,玩得太累了,回家时我实在走不动了。现在才到二楼,要到五楼才能回家,我要手脚并用,爬着上楼梯!奶奶不让我爬,怕弄脏了衣服。可是,奶奶的腰很疼,又抱不动我,回家让妈妈帮我洗衣服就好了,继续爬吧!爸爸,妈妈,我们这里为什么没有电梯,别的小朋友可以坐电梯回家呢。妈妈说:"你赶紧长大挣钱啊,我们也买带电梯的大房子,到那时,就不用爬着上楼梯了。"

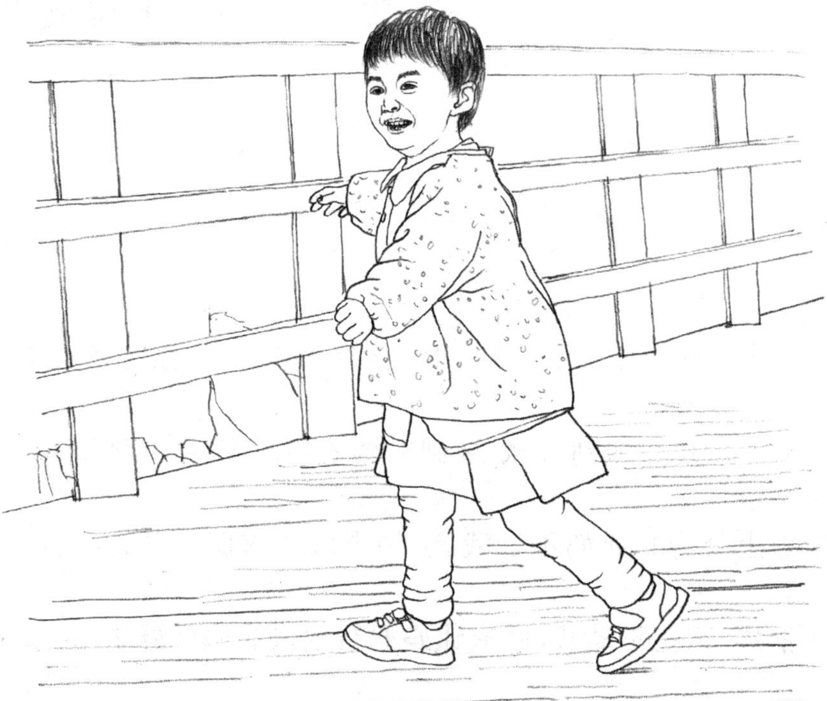

青岛木栈道

爸爸、妈妈和我，还有淘淘哥哥一家来青岛玩。我们家乡已经很暖和了，这里还很冷，妈妈说是因为海面上很凉爽，风从海上吹来，自然是很凉的。但是，我们没有准备厚衣服，妈妈就把所有带着的衣服给我穿上了，连吃饭时用的罩衣也没落下，这样我就不冷了。爸爸说我"大褂儿套小褂儿，真是个地主样儿"，但我不知道地主是什么样儿。我和哥哥在海边用木头铺成的路上跑来跑去，玩得可高兴了！

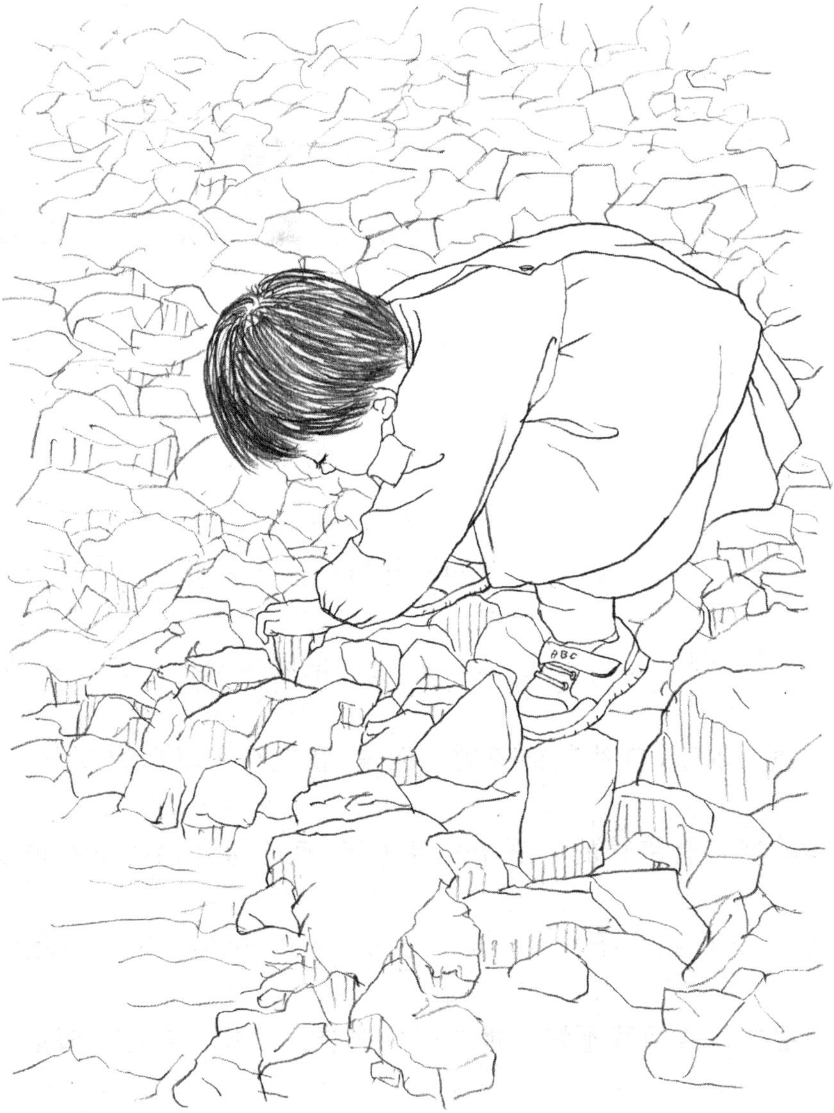
ABC

青岛的海边

青岛的海边有很多石头，有像我的玩具恐龙那么大块的，也有我能拿得动的小块的。爸爸抱着我爬上了一块特别高的石头，可以看到非常非常大的海，海水冲过来，哗啦哗啦响，我觉得有点冷。我更喜欢拿开小石头，看看下面有没有小螃蟹或者漂亮的贝壳，因为淘淘哥哥已经找到好多螃蟹和贝壳了。这里太难走了，得慢慢地，不能摔倒。我不知道应该拿哪块石头，找啊找啊，累得都站不住了，一只小螃蟹也没找到。

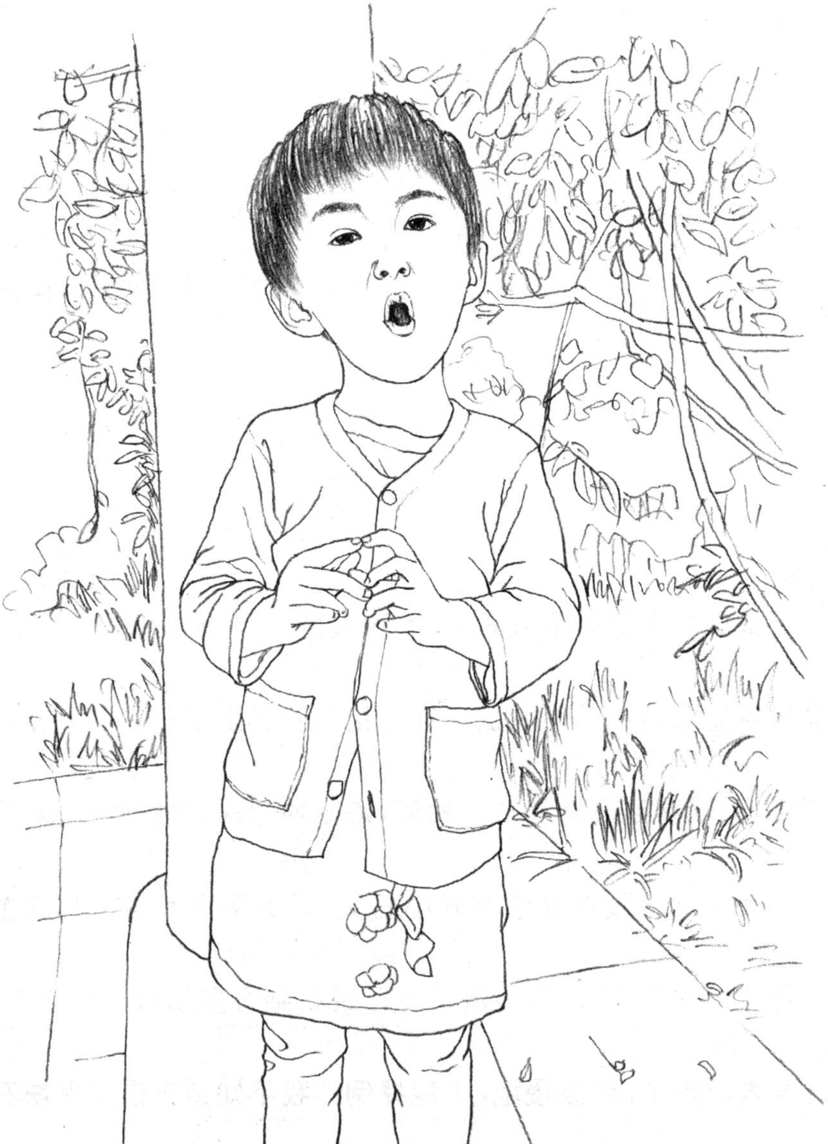

自编自唱

　　学校的湖边有个水泥藤架，旁边的绿地里种了好几株蔷薇花，它们都爬到藤架上，形成了繁密的遮阴棚，满眼绿色，到处是自然的气息。我喜欢没人的时候站在藤架下的石凳上唱歌，因为旁边有人我会很害羞的。这是我的舞台，藤架形成了舞台的背景。我问妈妈，可以随便唱吗？妈妈点头。我总是唱自己编的歌，可以唱很久。妈妈说唱得挺好听的，只是没有观众，应该唱给更多的人听。看来，我应该克服害羞的……

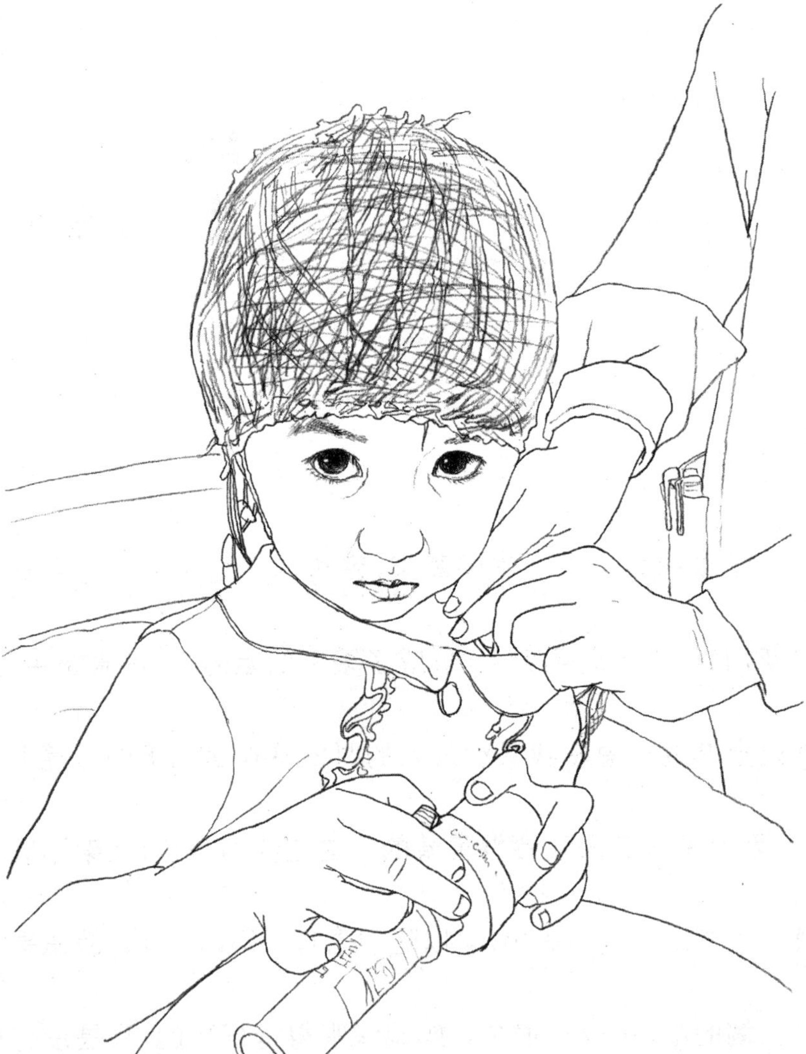

做脑电图检查的勇敢的小米

前几天,我发高烧惊厥了,住在医院里,妈妈急得嗓子都哑了,说话都不是她原来的声音了。医生阿姨给我做了很多检查,结果都没问题,妈妈才放心。我不想住在医院里,我要回家。医生阿姨说,再做一个脑电图检查就可以回家了。她给我准备了一些玩具,还把一个白色的网套在我头上,难道这是个帽子吗?上面好多线,医生阿姨把线贴在我身上,我有点害怕,但是这个一点儿也不疼。虽然不能出去玩,但可以玩玩具,医生阿姨不让我乱动,我觉得能一直坚持做完检查。

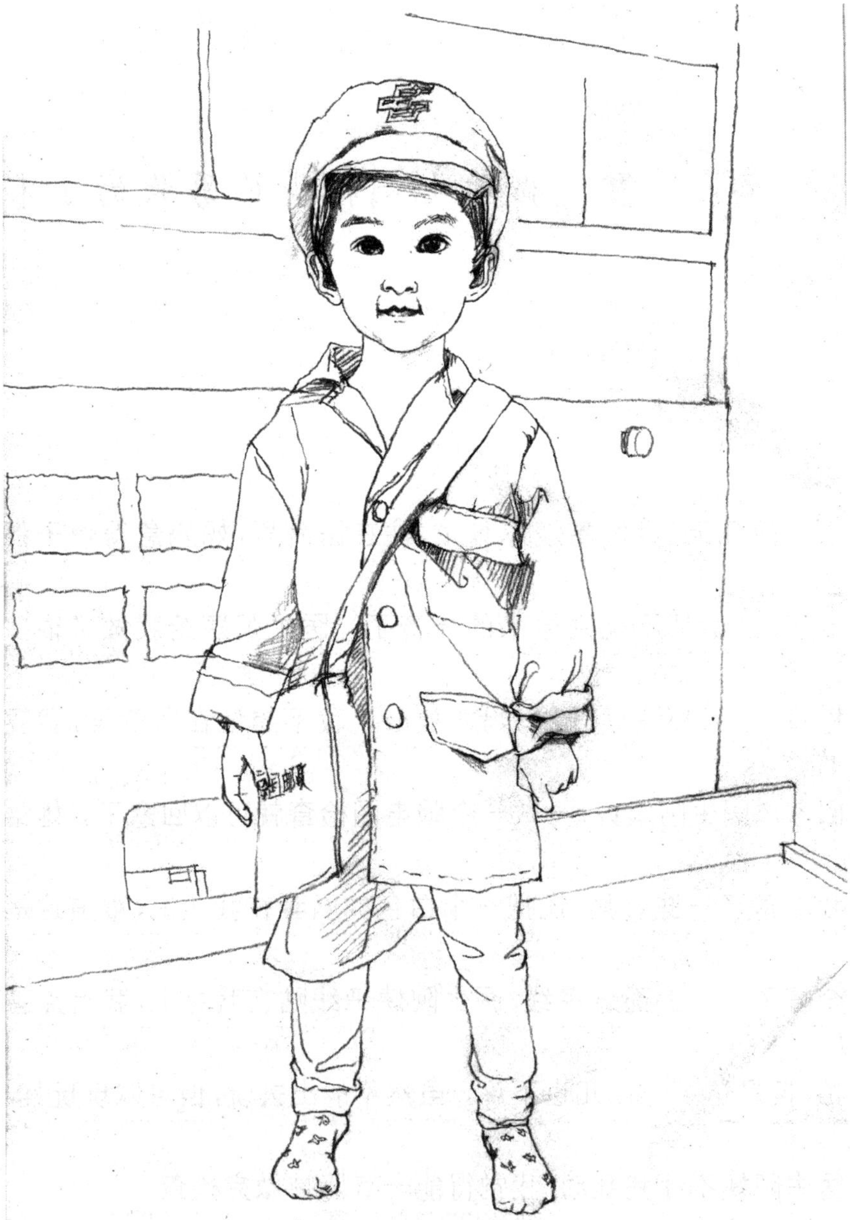

小小邮递员

在佳世客商场里有个儿童游乐场，有各种各样的游戏机，

妈妈给我买了游戏卡，但不让我随便用，一次只能用四个币，

其他的我只能上去免费体验一遍了。还有个收费挺贵的游乐

区，隔段时间妈妈就允许我进去玩一次，里面有好多海洋球和

模拟体验的迷你超市、快餐厨房、邮政局。松鼠人偶"啦啦"

经常会到游乐区来，跟小朋友们做游戏，还奖励小贴画！我喜

欢在这里面玩，推着小推车买各种蔬菜；穿着厨师服做汉堡；

装成邮递员送信！看我穿着这衣服挺像邮递员吧！

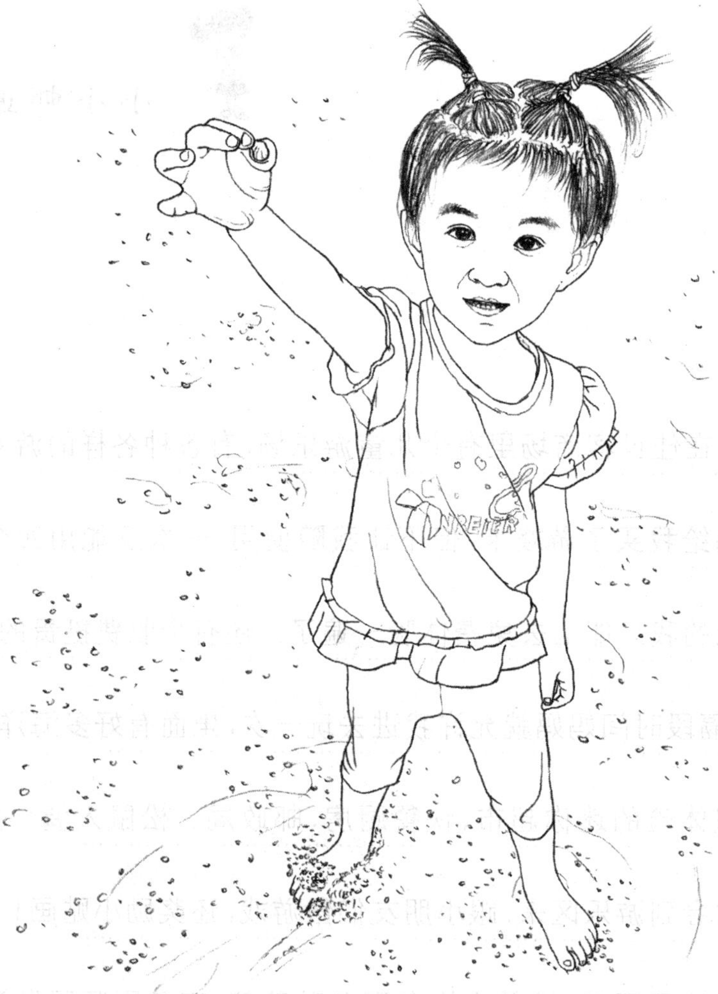

游红莲湖

　　红莲湖是个很大的湖，非常漂亮，有很多好玩的东西，游船、拱桥、凉亭、盛着金鱼的大玻璃缸，还有一个沙滩。我喜欢在沙滩上玩，可以筑城堡，挖水渠，打水枪……可是，这次爸爸、妈妈没有给我带小铲子、小桶和水枪，我只能用手堆沙子了。堆呀堆，咦，我发现一个漂亮的贝壳！妈妈，快看，这个贝壳明明是白色的，但是太阳一照就变成五颜六色的了，好漂亮啊。我要把它带回家，放在我的"百宝箱"里。

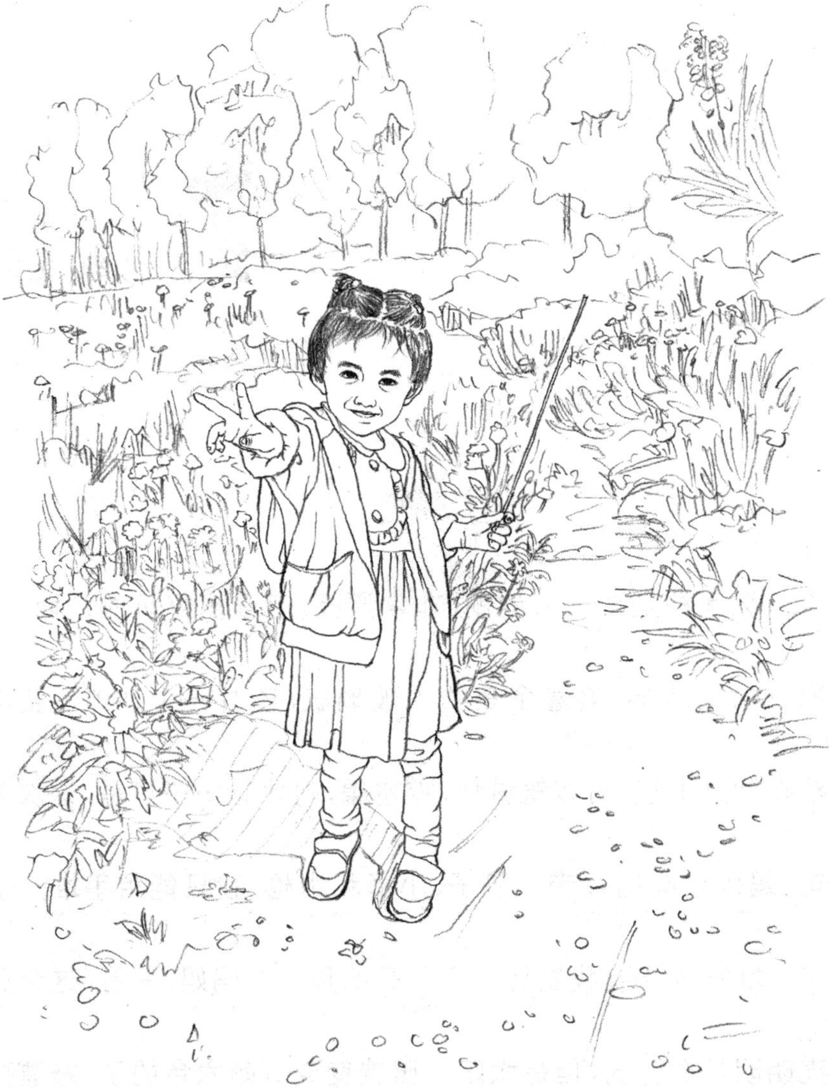

春游

在离家很远的地方有个"花山"，爸爸、妈妈和我，还有淘淘哥哥一家来这里春游。山上有很多树，绿油油的，也有很多漂亮的花，我想摘几朵戴在头上，但是哥哥说不能摘，因为花是有生命的，摘下来没有营养就枯萎了。我不高兴听哥哥教训，但是我觉得他说的是对的，所以没有摘。我们爬呀爬，爬了好久，都快累死了，我想让爸爸抱着，但是妈妈说我是大姑娘了，应该自己走，累了可以休息一下。最后，没有让爸爸抱，我竟然自己走下山了，大家都说我实在是太厉害了，胜利！

唐老鸭先生，您好

体育馆里举行了一个展览，妈妈在微信公众号上买了票，我们就可以进去了。这里有好多有趣的东西，我太兴奋了，不知道要先看哪一个。这里有很多大恐龙，我小心翼翼地摸了一下，它们的身体竟然软软的，还会动，吓了我一跳。这里有光头强、熊大、熊二、白雪公主、七个小矮人，还有米老鼠和唐老鸭，小朋友们都争着和它们拍照，妈妈也给我拍了很多。唐老鸭举着手跟我打招呼，我想和它握握手。唐老鸭先生，您好，我是尹小米，您喜欢我吗？

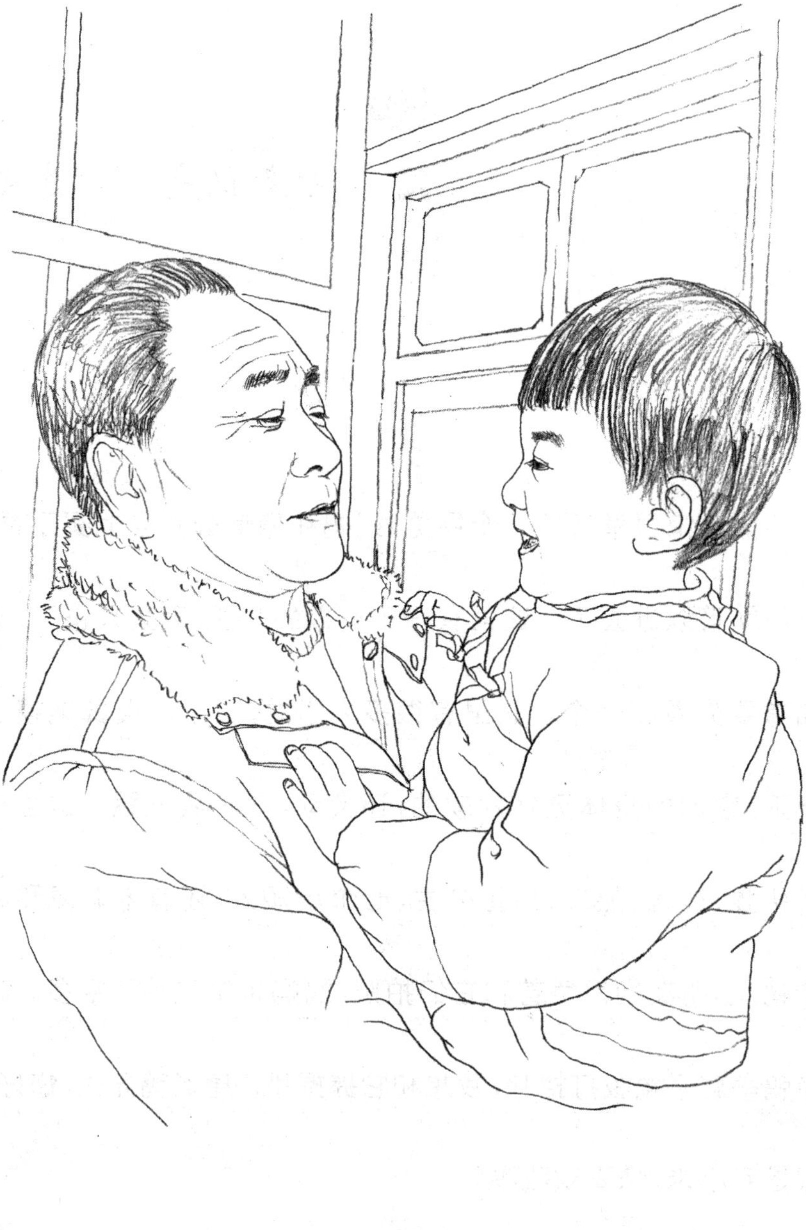

我的爷爷

爷爷不跟我们住在一起，一回到老家，他就抱着我，说小米又重了，爷爷快抱不动了。爷爷总是说想我了，我说你来我们家吧，和奶奶在一起，爷爷说好啊，但是等我们回家时，爷爷也没有跟着来。在老家，爷爷带我出去玩，有很多老爷爷、老奶奶都说我长得像爷爷，更像姑姑。很多人问，这是小青（姑姑的乳名）的孩子吗？爷爷就会笑眯眯地说："是我孙女。"大家很惊讶，说我跟我姑姑小时候一模一样啊。家里有张照片，爸爸指着上面的小女孩问是谁，我说是我呀，不过爷爷、奶奶怎么这么年轻？妈妈说，那是我姑姑小时候呢。原来，我和姑姑长得真的很像啊！

第一次来万象汇

万象汇是个很大的商场，刚刚开业，妈妈和我来这里玩。

这里面什么都有，有"麦鲁小城"等玩的地方，有"我家牛排"等吃饭的地方，有"罗兰数字音乐"等学习的地方，还有看电影的"沃美影城"，还有好多服装店、电器店……有个小姑娘的雕塑我很喜欢，妈妈说她是负责代言和宣传的，这是什么意思呢？妈妈说，就是告诉大家她家的衣服很好看，快来买吧。但是，她也不会说话呀，虽然有些不理解，但我还是很喜欢她，喜欢她的头发，喜欢她的大眼睛，喜欢她嘟着的嘴巴。我这样嘟着嘴巴，是不是也很漂亮呢？

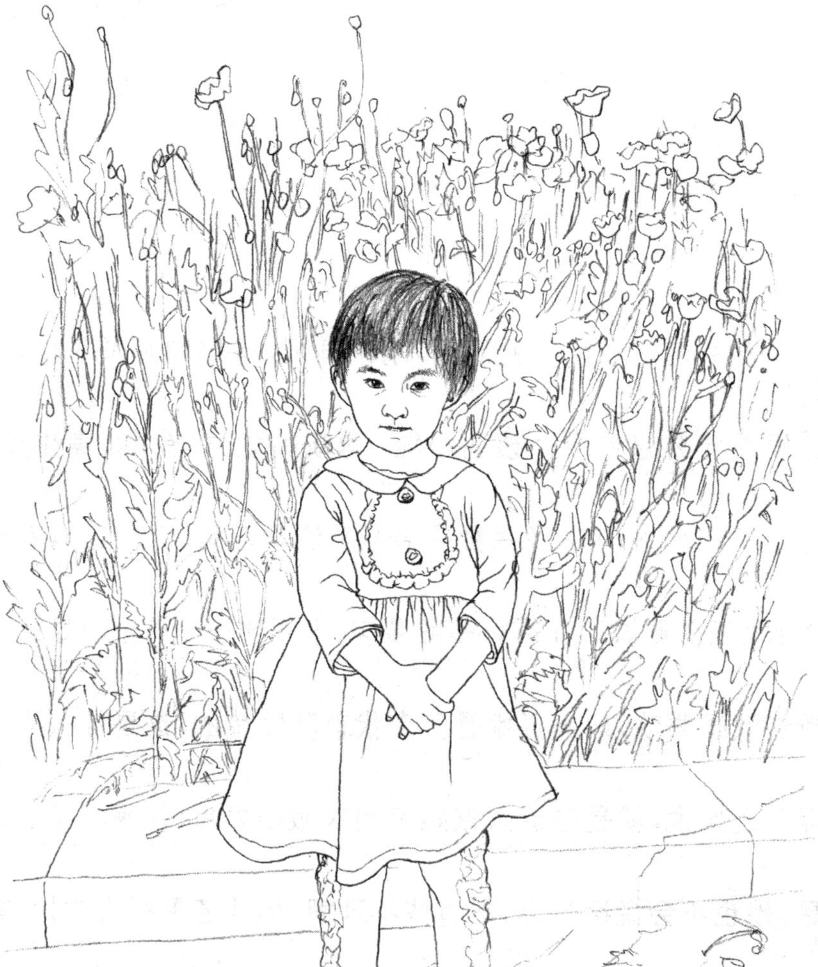

小女孩与花

　　妈妈的学校里开了好多花，我不知道它们叫什么名字。这些花长得很高，比我还高呢，有红色的，粉色的，还有黄色的，非常漂亮。它们分布在鸿远楼前面的广场两侧，引来了很多蜜蜂和蝴蝶，也有很多叔叔、阿姨、哥哥、姐姐来这里拍照。妈妈说，这些花很漂亮，但是开的时间很短，我们要趁花开时好好欣赏，把它们拍下来，画下来，或者记在心里。这些花很快就没了吗？太可惜了，我觉得有些伤心。但是妈妈说，这些花没了还会开其他的花，花都没了还会结果实，想想也挺好的。

可爱的雕塑

　　万象汇做活动，除了西南门外面五颜六色的彩虹雕塑，还

摆放了好多其他小雕塑。西门外有些雕塑就像《千与千寻》里

那些"煤块"一样，这里一个，那里一个，很可爱。我骑在"煤

块"上面，大小正好，小朋友们都抢着玩，我可不能下来，不然，

我玩的这个就被抢走了。彩虹雕塑也很好玩，小朋友们喜欢

冲刺着往上爬，把漂亮的漆都磨掉了。妈妈不让我爬，说没看

到牌子上写着"禁止攀爬"吗？好多小朋友应该没看到这个

牌子，其实我也偷偷地爬过两次。

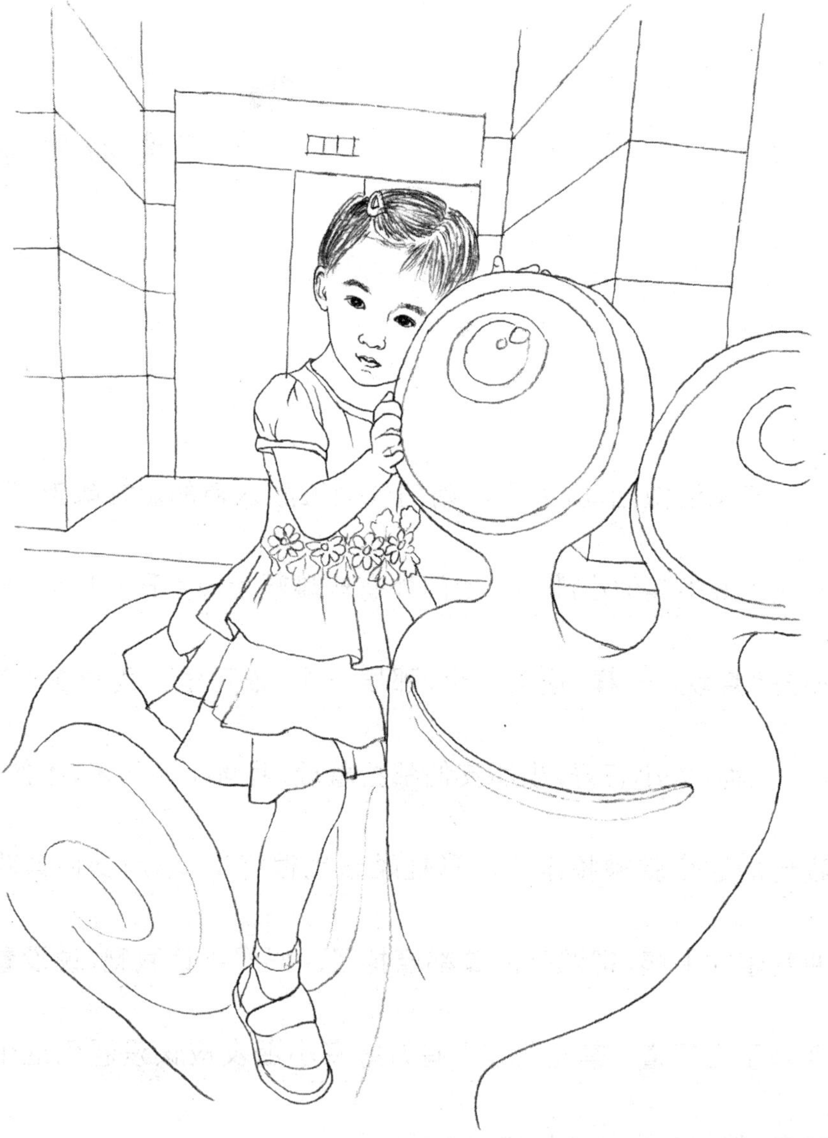

玩累了，休息一会儿

前几天我生病住院了，哪里也不能去，今天刚刚出院，就让妈妈陪我来万象汇玩。我在游乐场转了好几圈，在很多游戏机上"试"玩了一下，因为我没有游戏币。妈妈不给我买，她说打游戏不好，我太小也不会打，让我长大以后自己买。可是，我真的会打地鼠啊……

玩得有点累了，在负一楼有个大蜗牛，我要骑在上面休息一下。妈妈责备我说不应该到这里来，病刚刚好，身体还很虚弱呢。

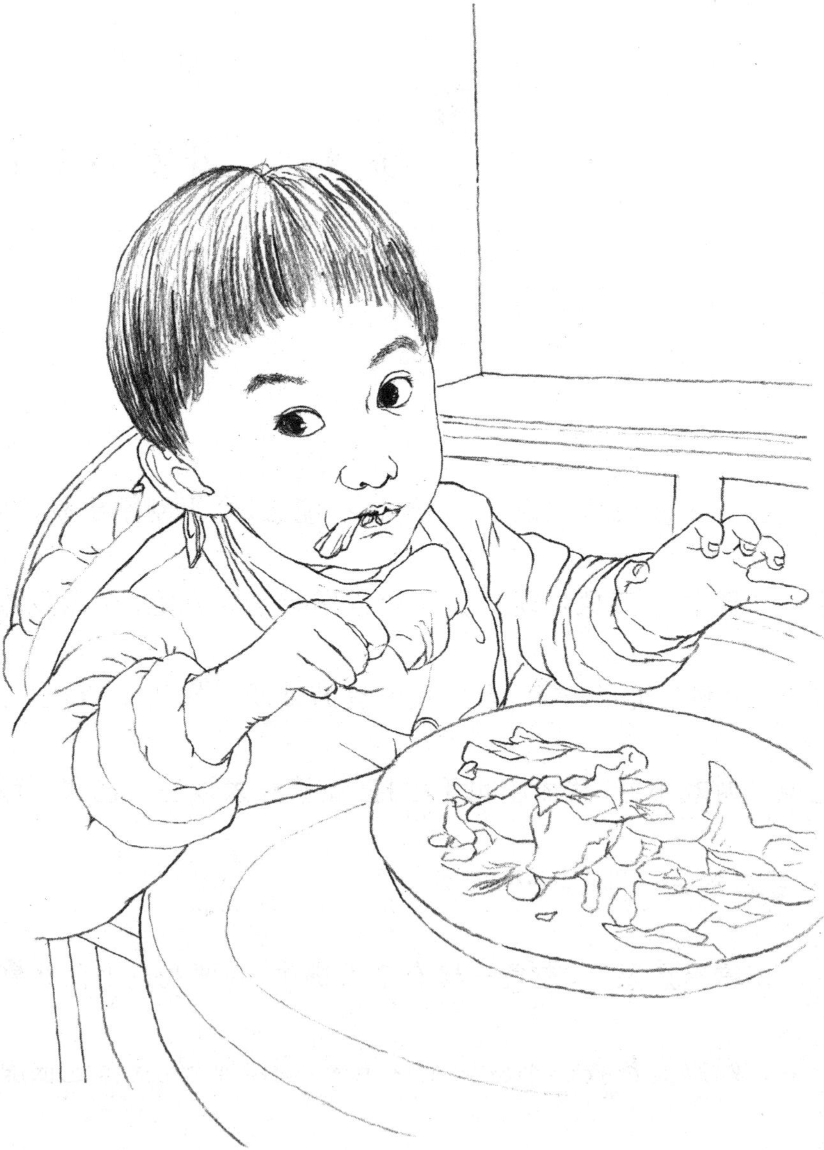

少吃点肉，多吃点菜

我很喜欢吃肉，不喜欢吃菜和水果。我能吃一个大鸡腿和很多炸肉，妈妈让我吃菜时，我也偷偷挑菜里的肉吃。爷爷说，小孩子长身体的时候，吃点肉没什么问题。可是，我经常发烧，大便很硬，有个医生爷爷说我是内热体质，吃了肉和油炸的东西，热量太大，散不出来就发烧了。我讨厌生病，不能再多吃肉了，要多吃新鲜的蔬菜和水果。其实，我挺喜欢吃芹菜的，还有西葫芦、香菇、金针菇，也喜欢吃梨，但是，主食我只想吃米饭和面条，不想吃馒头！

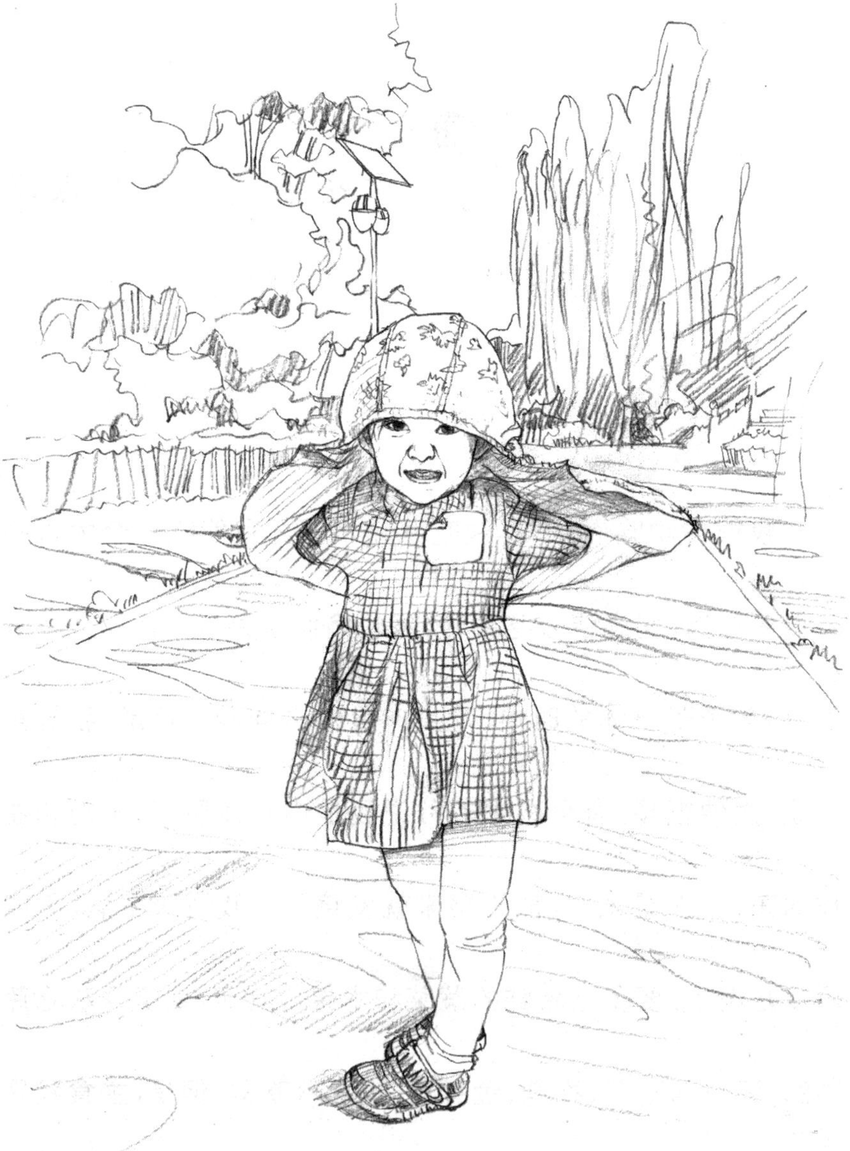

另一个湿地公园

　　姥姥家附近有一条河,叫弥河。沿着河岸建成了很长的湿地公园,当有外地的朋友来时,这里的人都会自豪地说,去湿地公园玩吧。我和爸爸、妈妈也来这里玩,树很大,把水上的桥都遮起来了,像搭了个棚子,我喜欢在底下跑来跑去。水里长了好多芦苇,爸爸采了几根,我们把芦苇当作武器来打仗。小舅舅在离弥河不远的地方买了楼房,他说以后夏天可以随时到这里乘凉,我也好想住在这里啊。

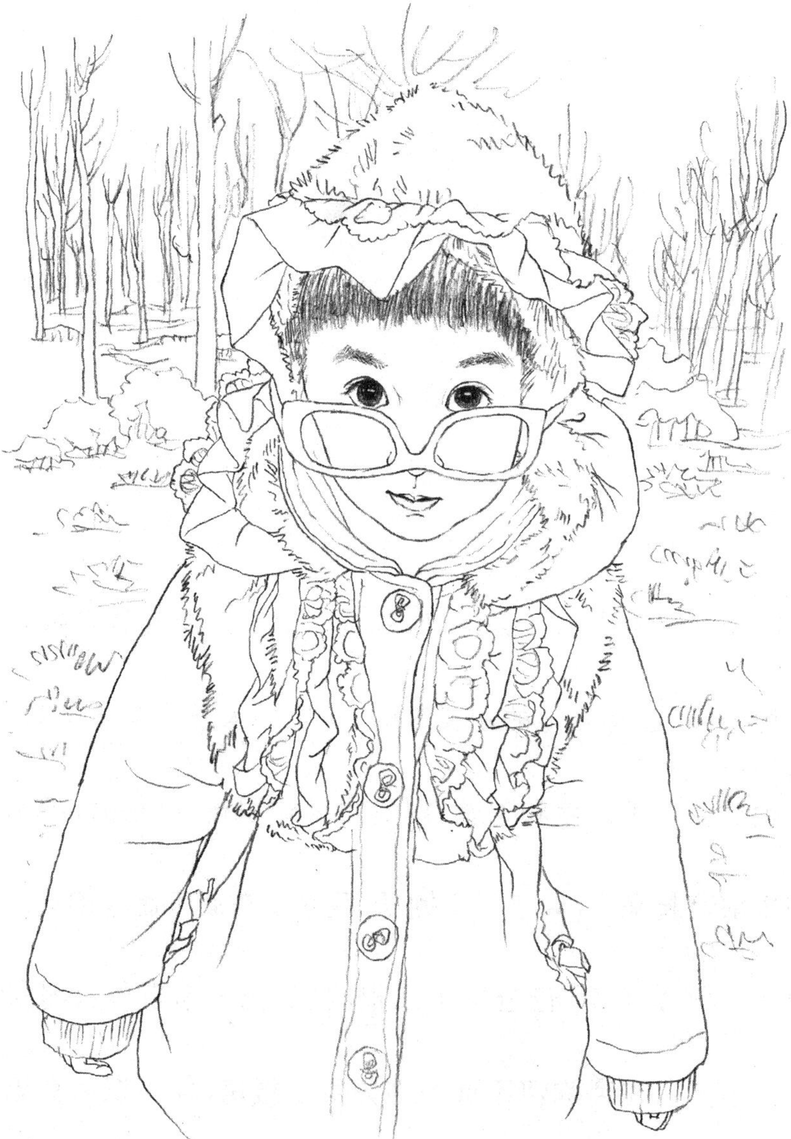

新衣服和新眼镜

　　快要过新年了,妈妈给我买了件超级漂亮的衣服,是粉色

的,有毛毛的花边,也有纱纱的花边,有个很大的帽子,还有很

多花,我喜欢极了。回老家时,爸爸说我带你去田野里玩吧。

我穿上漂亮衣服,戴上妈妈给我买的粉色眼镜,出发去野外。

太阳照得很暖和。虽然野外只有光秃秃的树和枯黄的草,没

什么好看的景色,但是有爸爸、妈妈陪我,不管在哪里,我都很

开心!

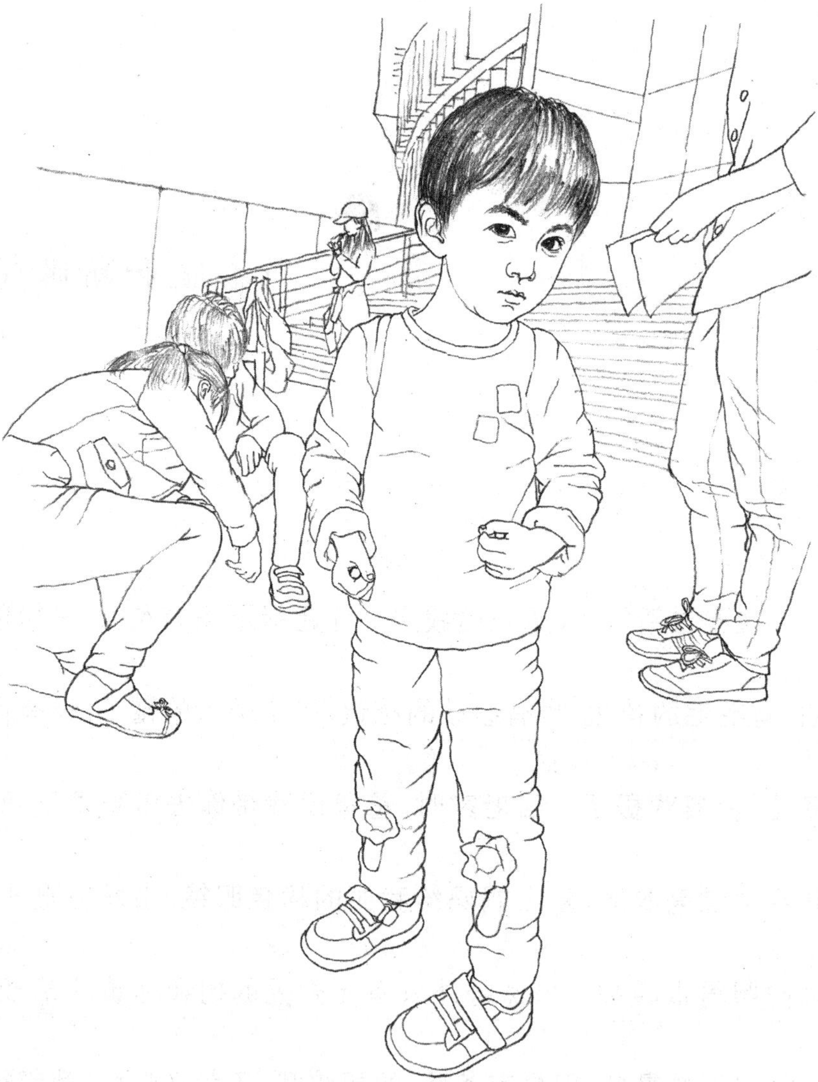

亲子活动

　　妈妈的学校每年都举办亲子活动,我们经常参加。这里有很多项目,滚铁圈、打陀螺、丢沙包、跳房子、跳大绳、套圈等,还有蒙着眼睛摸东西。只要做完一项,就可以去大哥哥、大姐姐那里盖印章,集满十个印章就可以换小玩具。那个大铁圈我怎么也滚不起来,妈妈说:"看我的。"结果她也滚不起来。但是,我很会弹玻璃球,赢了好多个,都快拿不了了,妈妈说:"难道有天神在帮你吗?"这是我自己赢得,谁也没帮我。

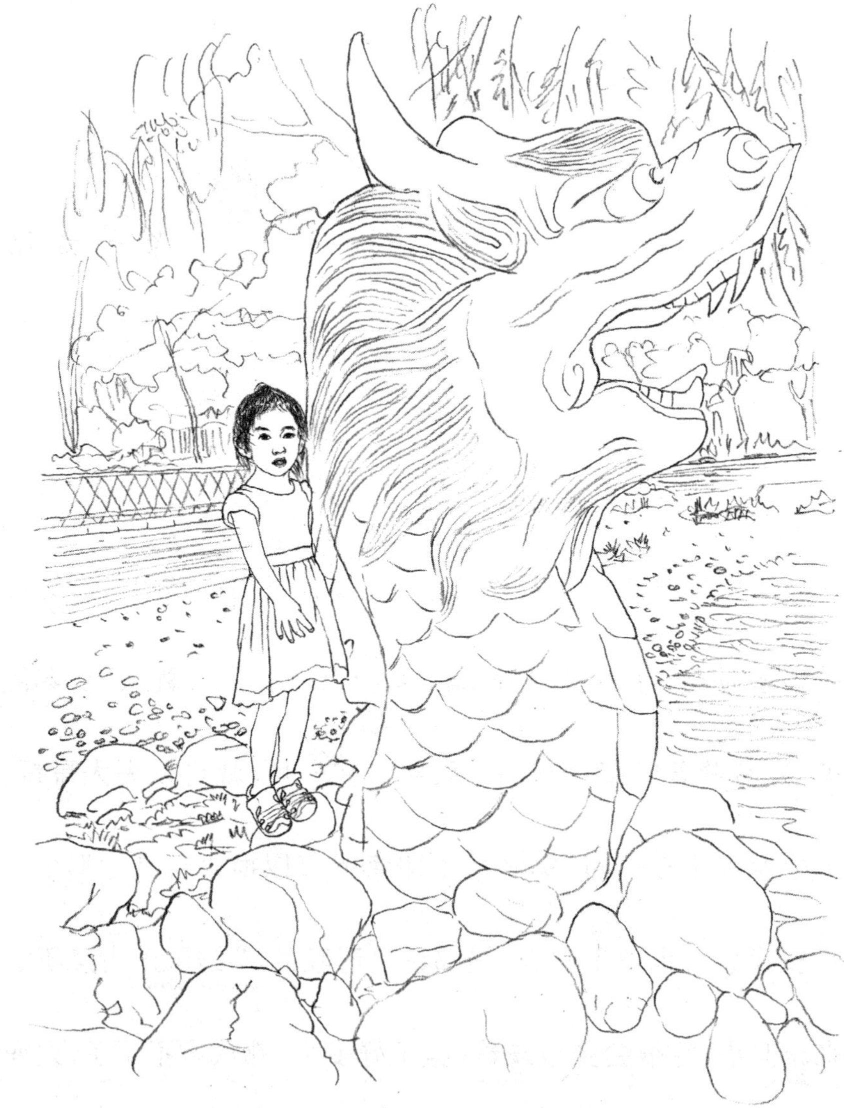

石头龙

我们之前划过船的公园里，有个很大的石头龙，它太大了，我都抱不过来。妈妈说这个龙立在湖边，是不是应该从嘴里往外喷水，注入湖中啊，因为《西游记》里的龙王就是负责喷水的，难道是水管堵住了？我想爬上去看看，但是只上了两块石头就再也爬不上去了。我不敢转到另一边，那里离水面太近了，不小心掉下去就不得了了，我还不会游泳呢，而且，公园的管理员爷爷看见了也会制止的。

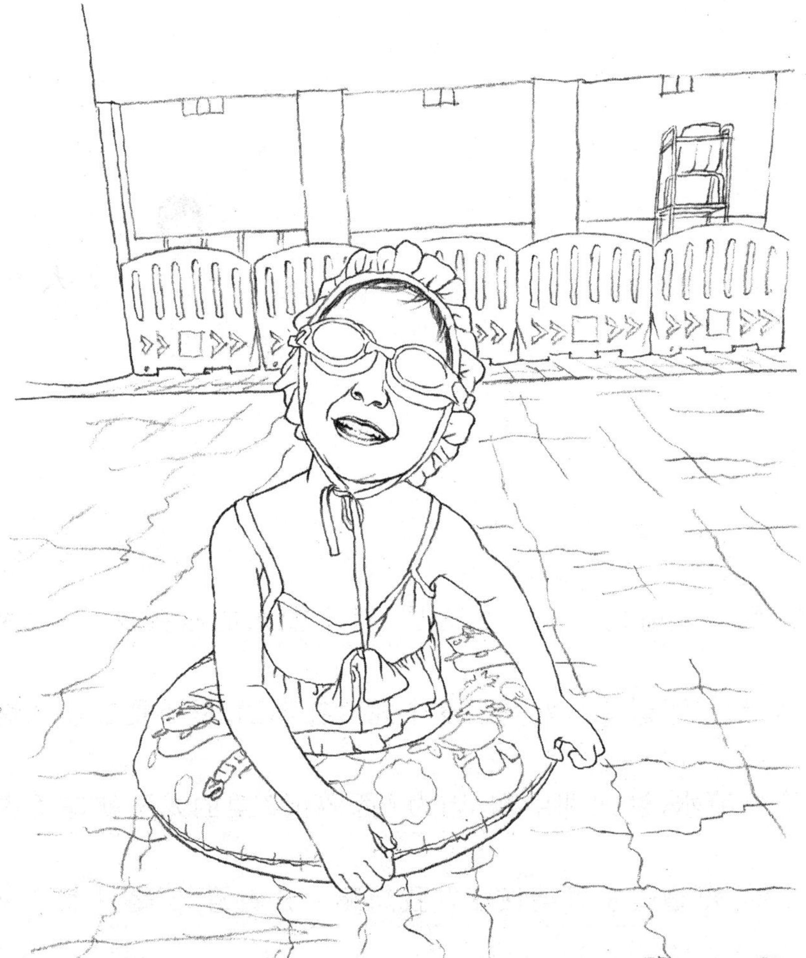

游泳

　　妈妈办了张游泳卡，到学校西门对面的游泳馆游泳。我穿上新买的泳衣，妈妈说我像小红帽。刚开始我觉得这里的水太凉了，一会儿适应了，就觉得不凉了。戴上浮袖，套上游泳圈，我先在很浅的儿童池里漂了一阵，妈妈说这里太浅了，要去深一点的水池。我觉得自己游得不错了，就摘掉了浮袖，但是不敢拿下游泳圈。结果还是"喝"了一口水，呛得我想哭。妈妈说，学游泳没有那么简单，可能还得"喝"不少水呢！

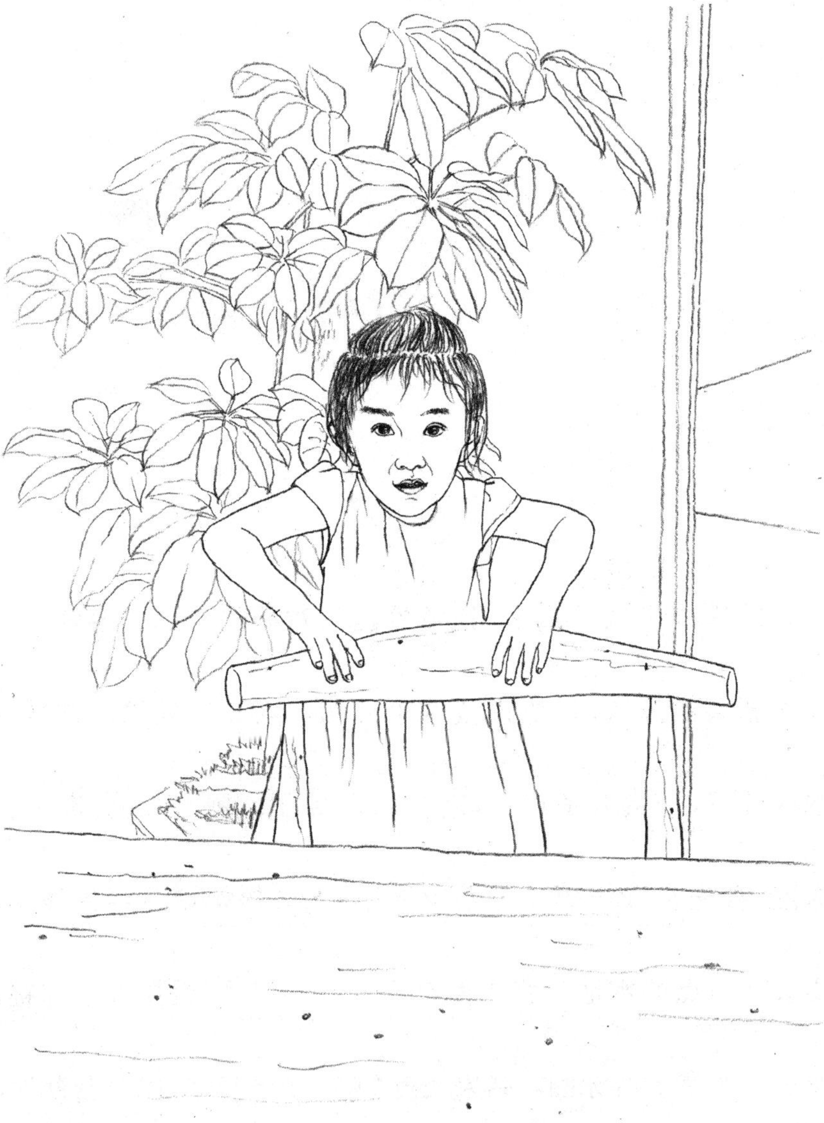

吃掉一大碗面的小米

到义乌小商品城买完东西，妈妈问我中午吃什么，我说想吃拉面，我们就到了附近的"李先生牛肉面"。来这里吃饭的人太多了，好不容易发现了一个位置，妈妈去买面，我就在座位上等着，要是别人想坐在这里，我就说这里已经有人啦！盛牛肉面的碗很大，但是我自己能吃一碗，和妈妈吃的一样多。妈妈每次都惊讶地说："天哪，这么小的肚子，面都上哪里去了？"可是，我并没有很撑啊，"吉祥馄饨"我自己也能吃一份！

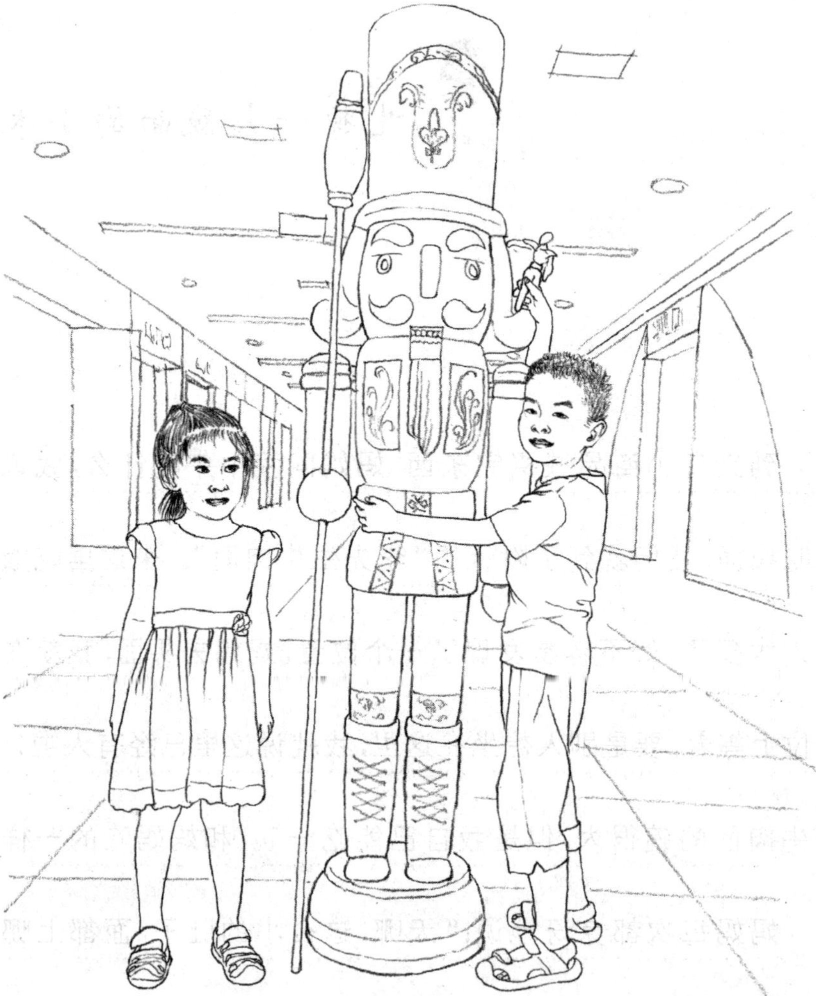

和大玩偶合影

佳世客商场里摆放了很多大玩偶，比我和淘淘哥哥都要高，其中有一个不知道是将军还是士兵，拿着一杆枪，这个枪竟然可以动。妈妈说，这个玩偶看着有点眼熟，是不是《胡桃夹子》里的人物呢？我不知道，因为没有看过《胡桃夹子》。这个玩偶挺帅，我想和他拍张照，哥哥非要跑过来，还想往上爬，结果玩偶差点倒了。妈妈说，这是商场的财物，供大家欣赏的，只能"远观"，不可"亵玩"。妈妈总爱说这种话，我都听不懂！妈妈说要是损坏了，就让哥哥自己赔偿，哥哥说没有钱，妈妈让他在这里给人家擦地、洗碗，等挣够了钱，赔偿完了，才能回家，吓得哥哥再也不敢乱动了。

拼插积木的高手——我

　　妈妈给我买了很多拼插积木,我特别喜欢,玩一天也不觉得累。我可以拼出很多种东西,恐龙、汽车、大桥、楼房,看我拼的这个!妈妈问我这是什么,我说飞机啊,两边是翅膀,后面是尾巴。妈妈说,噢,是个飞机,挺不错,发到网上吧。我的飞机照片被发到了妈妈的朋友圈,好多叔叔、阿姨给我点赞,夸我做得好,想象力丰富。我想把我拼的所有东西都发上去,妈妈不让,她说发一个就够了,大家都知道我很聪明了呀,发太多,人家就烦了,不想看了。是这样的吗?我想让大家看到我做的所有东西啊!

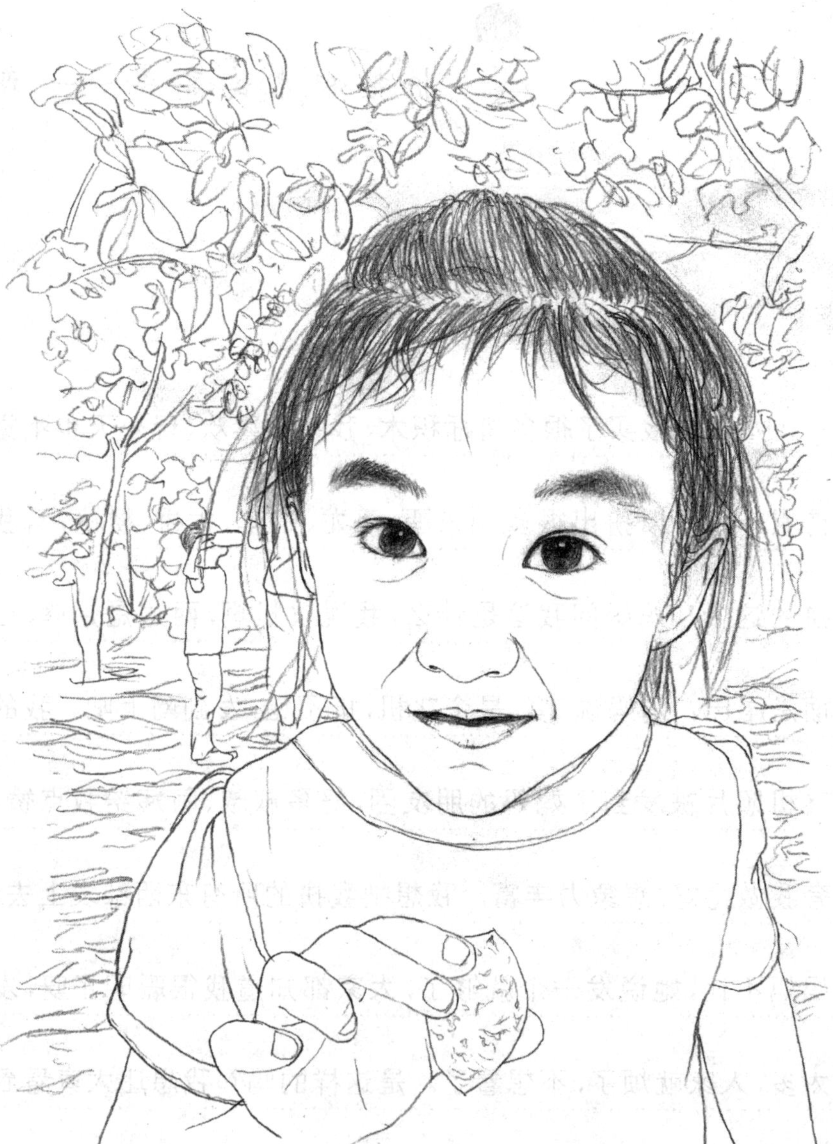

我上幼儿园了

　　我上幼儿园了，班里有三个老师，霍老师是我们的班主任，我们都很喜欢她，我觉得她也很喜欢我。老师们组织了一次亲子自驾游活动，说让大家熟悉熟悉。我们到了一片核桃林，老师说不能摘树上的核桃，因为还没成熟，摘下来它会很疼的，但是我们可以捡掉在地上的。我好高兴啊，在树下钻来钻去，看我捡的这个核桃大不大？同来的叔叔支起了大锅，幼儿园的园长妈妈把带来的鸡肉和土豆都放到里面炒，妈妈也捡了些树枝当柴烧。太香了，我觉得好饿。阿姨们把从家里带来的碗筷摆好，准备开饭了。

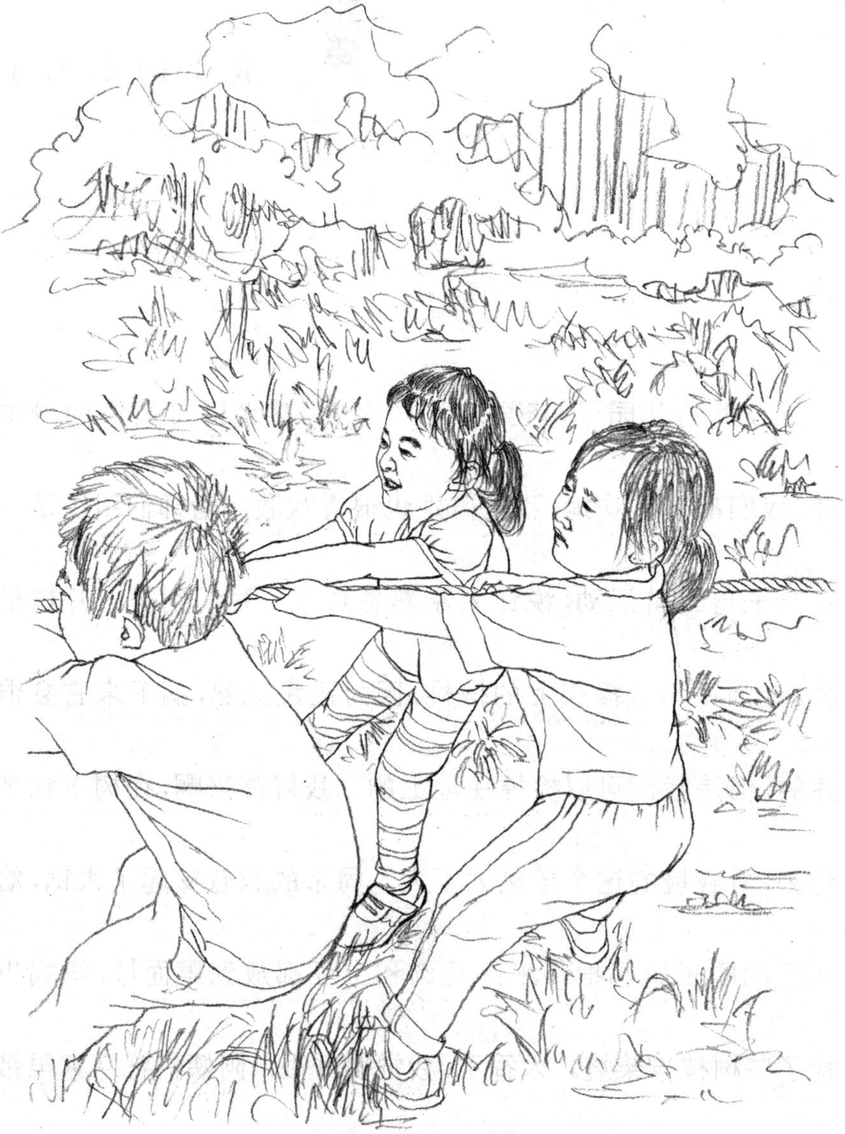

拔河

　　幼儿园组织的亲子活动有好多项目，其中一项是我们要在草丛里找鸡蛋。老师刚说完"开始"，小朋友们就到处跑，很快就有人找到了。我也赶紧找，哇，发现了一个，太好了！找到了，找到了！让妈妈帮我保管吧。休息了一会儿，老师说，我们拔河吧。小朋友们都很高兴，我也很喜欢拔河。十个小朋友在那边，十个小朋友在这边，霍老师站在中间，说，开始。我使出了全身的力气，拔啊拔，爸爸妈妈们都给我们加油。那边小朋友的力气太大了，拖着我们往前走，有的小朋友干脆躺在草地上拽绳子，但还是被拖着走了，大家都笑成了一团。

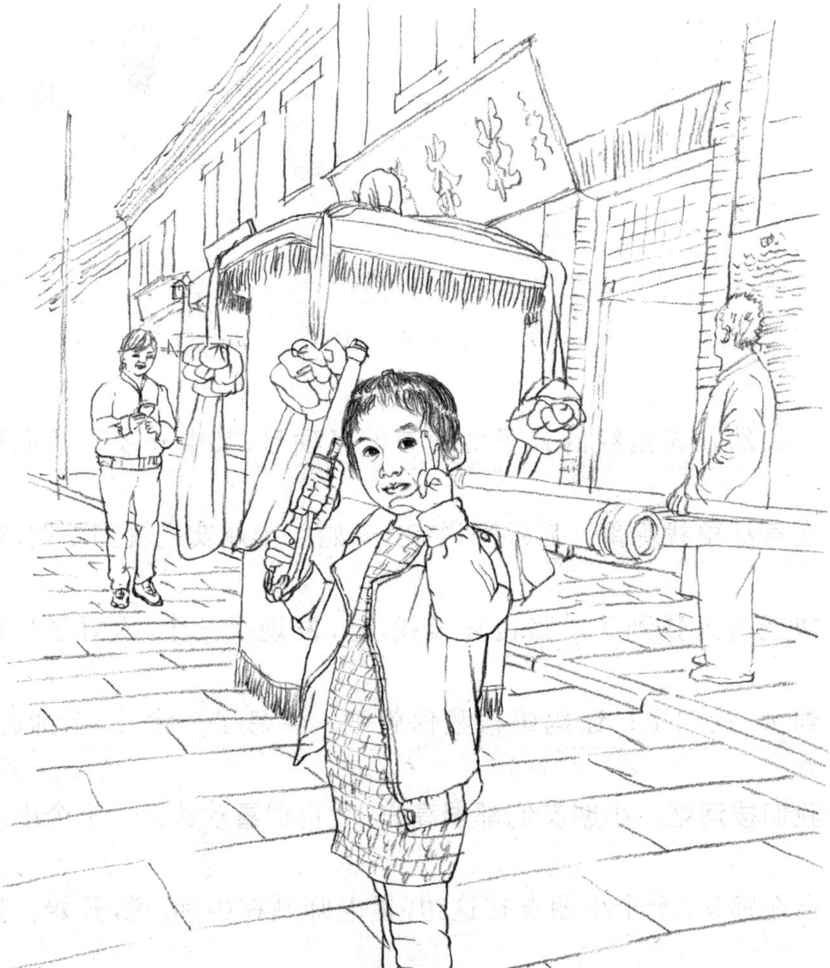

周村古街

周村有条古街，妈妈和我来过好几次了。这条街很窄，但是很长，房子的样式跟外面的楼房都不一样，妈妈说以前的人就是住这样的房子。这里有很多好吃的东西，油酥火烧、糖人、煎蛋饼……妈妈最爱吃臭豆腐，我可不想吃，太臭了，好难闻。在街上有顶花轿，围着一圈很漂亮的流苏，还有大红色的绸缎。妈妈说以前的人结婚就是坐这种轿子，要好几个人抬着走。轿里面坐着人，那得多重啊，需要好大的力气才能抬得动呢。我也想上去坐一下，妈妈不让，说要交费才能坐，那就只和它拍张照吧！

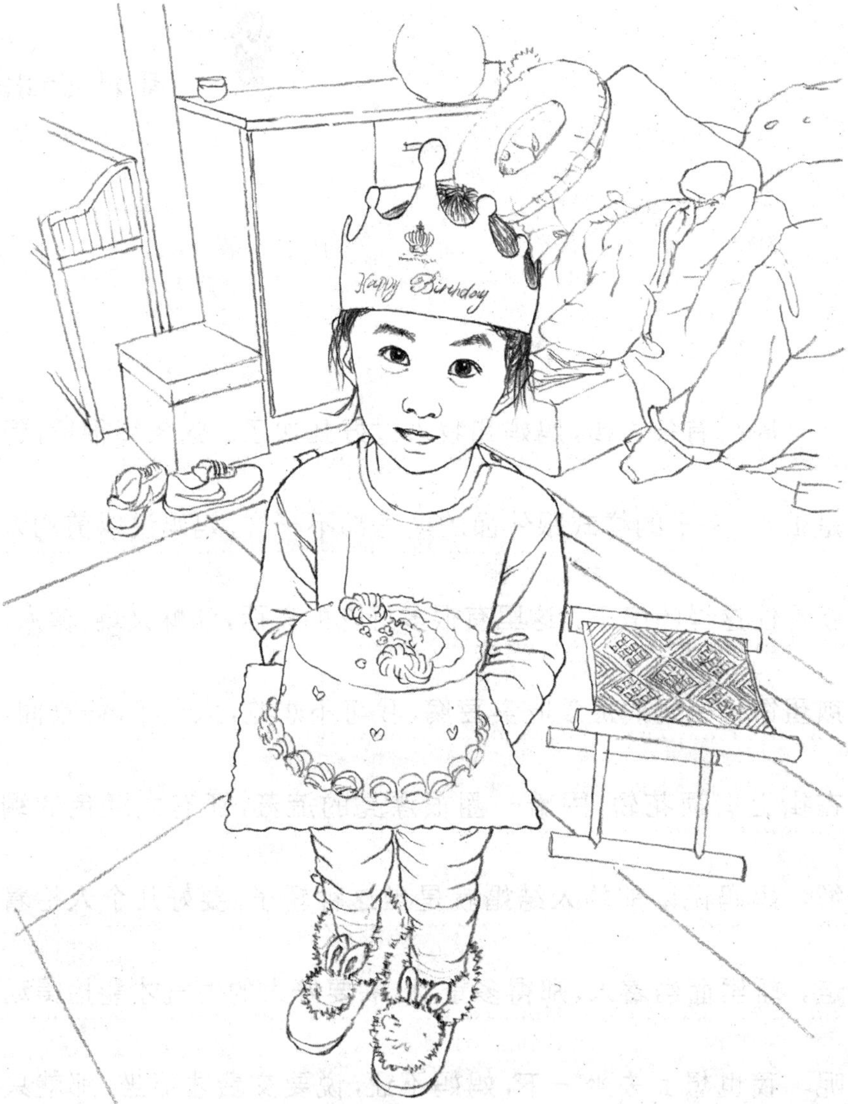
Happy Birthday

我的四岁生日

今天是我的生日，我四岁了！妈妈买了个漂亮的蛋糕，上面是五颜六色的彩虹，下面还有奶油花边。爸爸请来了淘淘哥哥一家和硕硕哥哥一家。叔叔、阿姨都是爸爸、妈妈的好朋友，他们都来给我过生日。我戴上生日帽，就跟公主一样。爸爸说，我已经四岁了，是个大姑娘了，以后不能一不高兴就哭鼻子，有什么话要好好说，不要只知道哭。其实，有时候我不想哭，但是控制不住，眼泪自己就掉下来了，妈妈说过，她小时候也是这样的。

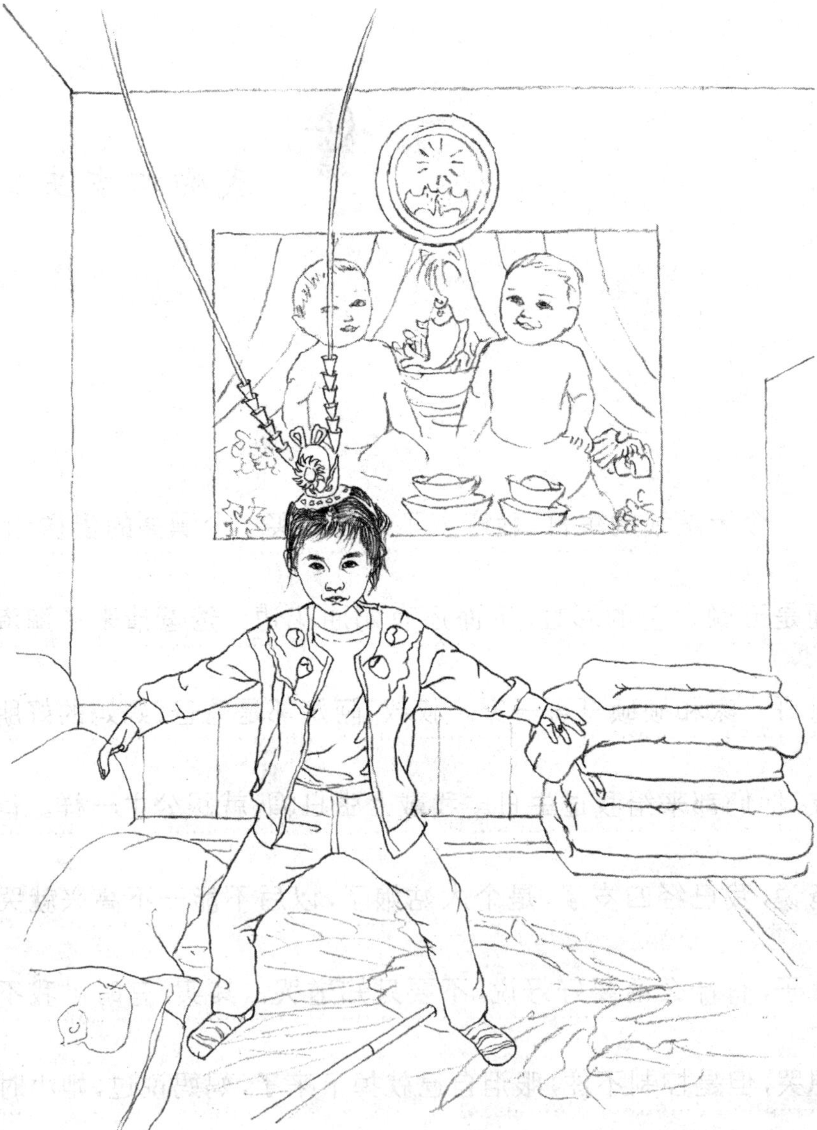

我是"孙悟空"

我们回爷爷家了，那个镇上有个很高的塔，叫"王高塔"。

奶奶说她年轻的时候，从娘家就能望到这个塔，那里可是很

远很远的，现在有楼房挡着，看不见了。塔附近的街上正在举

行庙会，好多人去烧香。街上有很多东西卖，有玩具、好吃的

烤肠，还有书。爸爸、妈妈和我转了一会儿，买了孙悟空的头

冠和金箍棒。戴上这个头冠，拿着金箍棒转了几圈，我觉得自

己好厉害了，是不是很有气势呢？看我所向无敌，谁也不敢欺

负我！

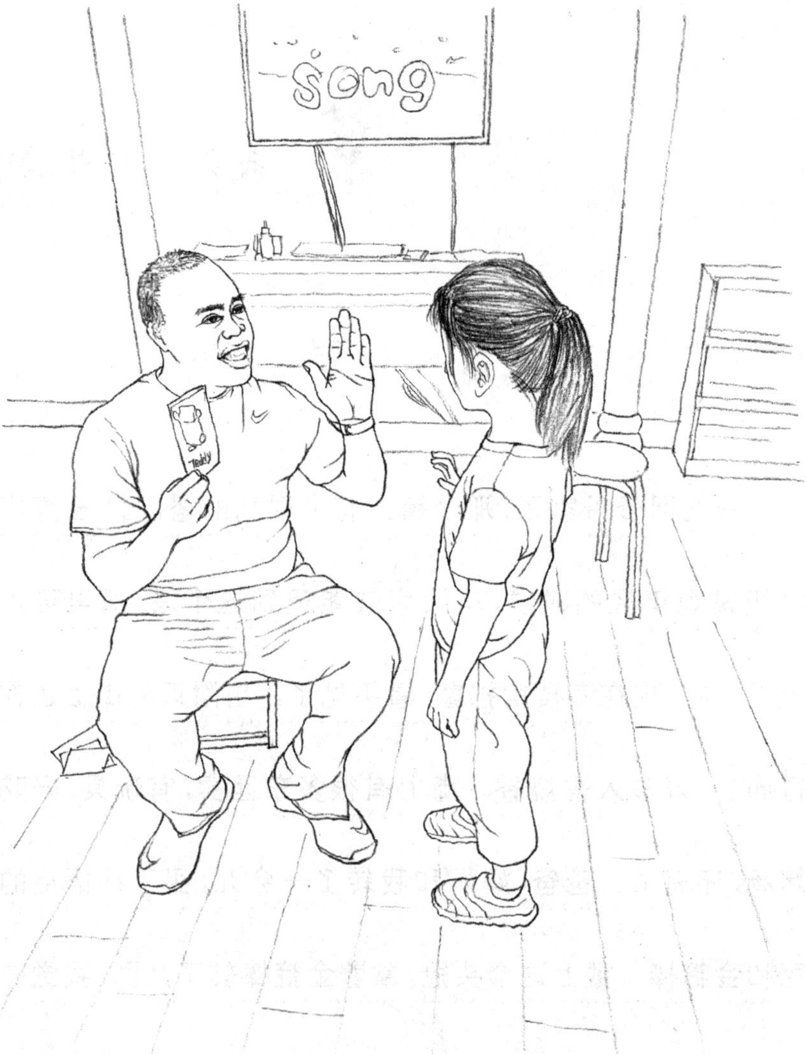
song
Teddy

外教艾瑞克

幼儿园来了个外国老师给我们上英语课，他叫艾瑞克。

可是，艾瑞克的皮肤怎么这么黑，牙齿怎么这么白呢？他说，

牙齿是每天好好刷，刷白的，皮肤是太阳晒黑的，小朋友们可

不能晒黑噢！原来是这样，他们国家的太阳那么厉害啊，我还

没见过晒得这么黑的人呢。艾瑞克让我上前认卡片上的英文，

我有点害羞。不过，在他的提示下，我认出了"Teddy"，艾瑞

克说"give me five"，其实就是庆祝胜利、击掌的意思，这个我

知道！

学舞蹈

　　幼儿园里开了舞蹈课，我们班好几个同学都报了名。艳艳老师给我们上课，她非常漂亮，也很会跳舞，我长大了也想像她一样。我想赶紧学跳舞，但是，艳艳老师说，只有练好了基本功，才能学会很多舞蹈。小朋友们都要练习压腿、下叉、下腰，以后还有脚背训练什么的，好多呀。艳艳老师说要做好一件事情，就要能吃苦，能坚持，只有好好练习，才能成为漂亮的小姑娘。可是，我的腰有点疼，腿也不舒服，这就是吃苦吗？

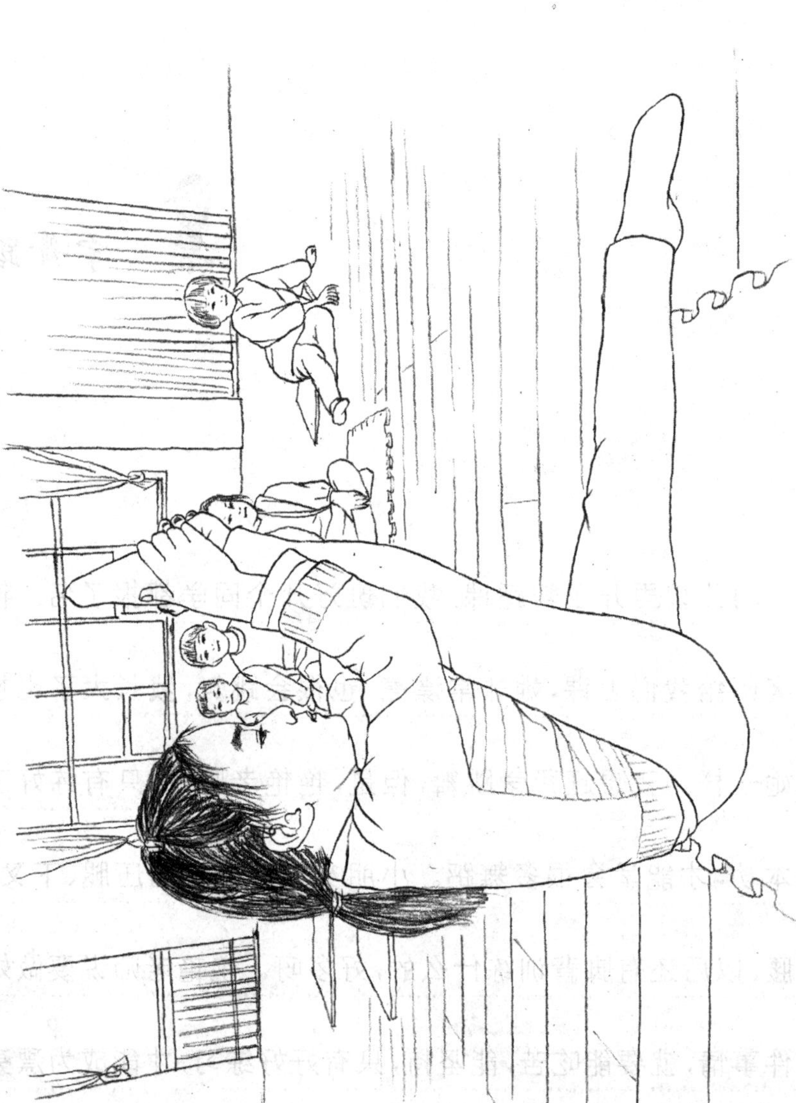

舞蹈是需要练习的!

　　我一周上一次舞蹈课,要去幼儿园二楼的教室,那个教室很大,艳艳老师会教我们新的动作。每次上课都要做下腰和压腿活动,老师说我们做得都很好,但是不能只在上课的时候做,回家也要每天练习。可是,我在家里没练几次,一回到家就想看动画片,而且还要吃饭,吃完饭以后也得休息,因为妈妈说刚吃完饭时不能剧烈运动,否则就会肚子疼。我还要找同班的沈以墨玩,他就住在我家楼上。我觉得自己好忙,所以总是忘了练习舞蹈,妈妈说,以后睡觉之前练吧,练完了再睡,就忘不了了。

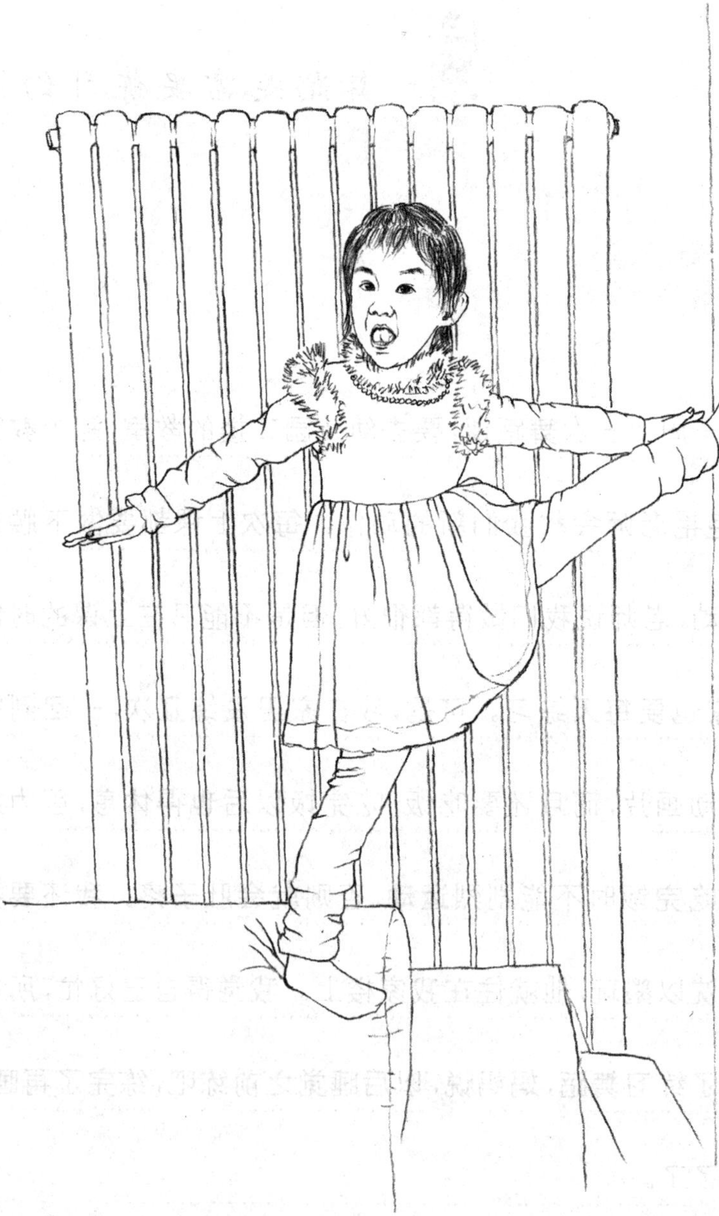

在高处练功

家里的沙发很宽，我喜欢在靠背上玩，这里很高，站在上面比爸爸、妈妈还高。旁边有个暖气片，很暖和。我要在这里练功，站在沙发上，脚可以放到墙上，厉害吧？妈妈说，快下来吧，那里不稳，要是掉下来碰到茶几就有大麻烦了。淘淘哥哥就是在他家的沙发靠背上没站稳，直接摔向茶几，眉弓那里裂了个口子，流了很多血，缝了好几针，差点就碰到眼睛了，婶婶都吓坏了。可是我会小心，不会掉下来的。

我的"小窝"

爸爸把家里的沙发挪了一下，在沙发和墙中间留了一段距离，用泡沫垫给我搭了个"小窝"。泡沫垫上有很多动物，都标着名字，爸爸说我可以一边玩一边认字。我很喜欢这里，把"凯蒂猫"放进去，可以当我的座椅。我戴上王冠坐在上面就像国王一样。妈妈说，我现在有了自己的地盘，把玩具都拿到这里玩，不能再到处乱扔了，如果再扔在其他地方就要没收了。好的，我也愿意在这里玩呢，我要赶紧邀请好朋友沈以墨来看看我的"小窝"。

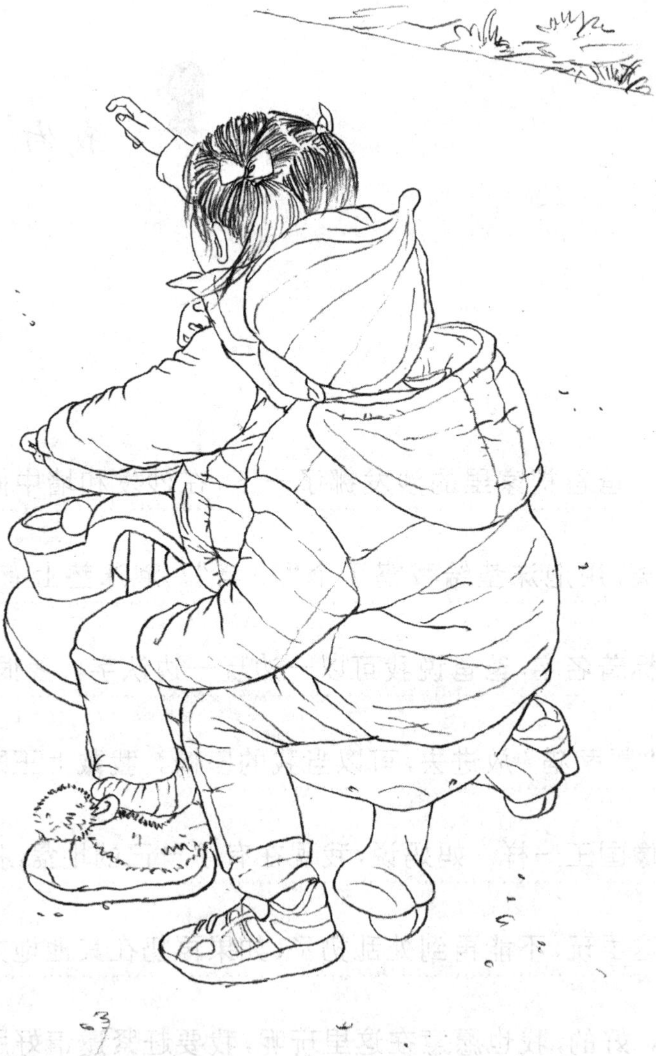

和小叔叔骑车

在爷爷家里也有我的好朋友，奶奶说，按辈分我该叫他小叔叔。回爷爷家时，我和小叔叔一起骑扭扭车，这是我很小的时候妈妈给我买的。我特别会骑，可以骑得很快。要是想停住，我就用脚刹车。妈妈说，哎呀天哪，鞋都磨烂了。但是，扭扭车没有刹车，我只能这样做。小叔叔坐在车后面，我们要一起出发了。我是驾驶员，由我来控制方向，我要带着小叔叔去前面的路上玩，那里很少有汽车，很安全。前进！

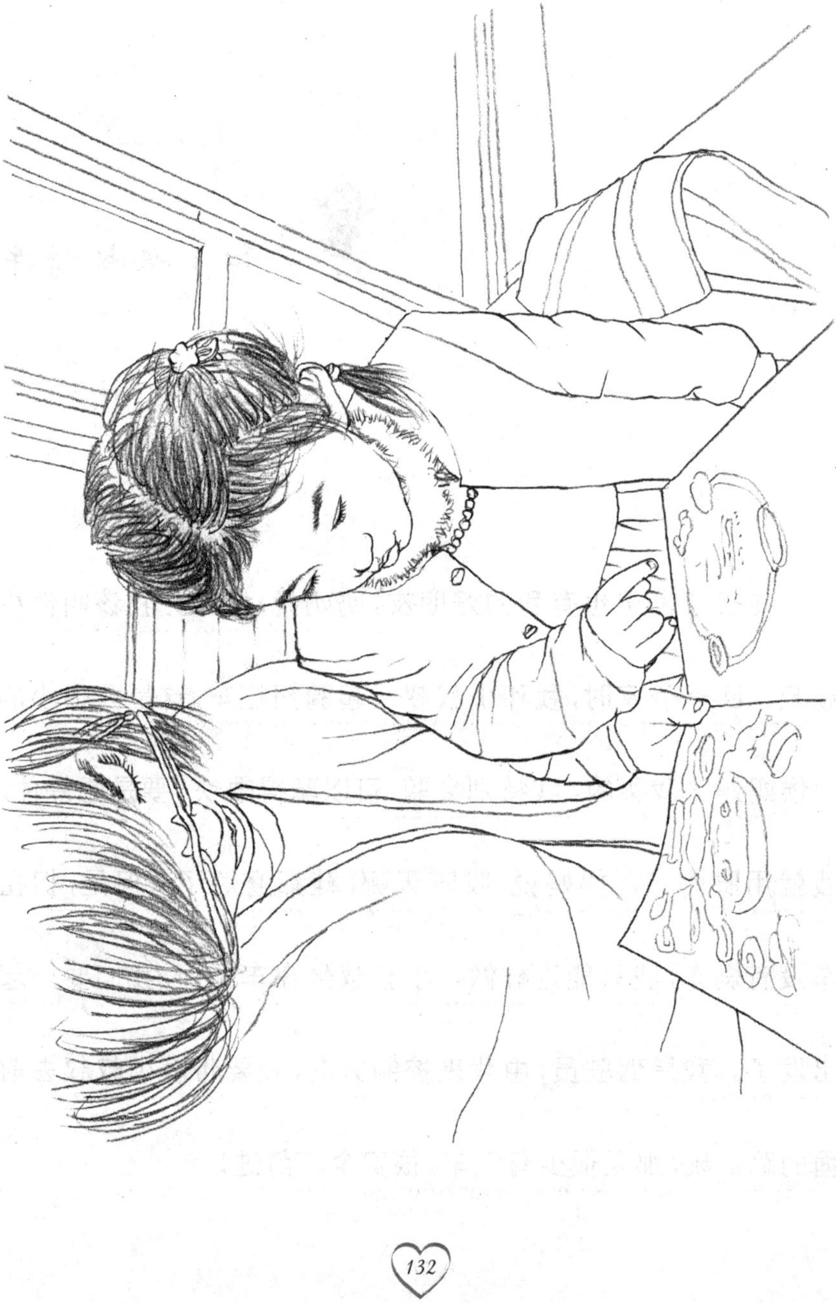

我最喜欢的绘本

妈妈经常陪我读绘本，我喜欢《猴子捞月》的故事，每天都看这本。里面的猴子好傻啊，没想清楚就乱喊，还用竹篮子捞月亮，那个是会漏水的呀；再说，月亮那么大，怎么会掉到井里呢？妈妈说过，月亮是个跟地球差不多大的大星球呢，好好笑啊。妈妈说："看来看去都快背过了，那么多书，你怎么总是喜欢这一本呢？"可我就是喜欢这本，现在，我都认识上面的一些字了。妈妈读一页，就让我读一页，不认识的字由妈妈读。但是，这样读得太慢了，而且我觉得好累，妈妈，还是您来读吧。

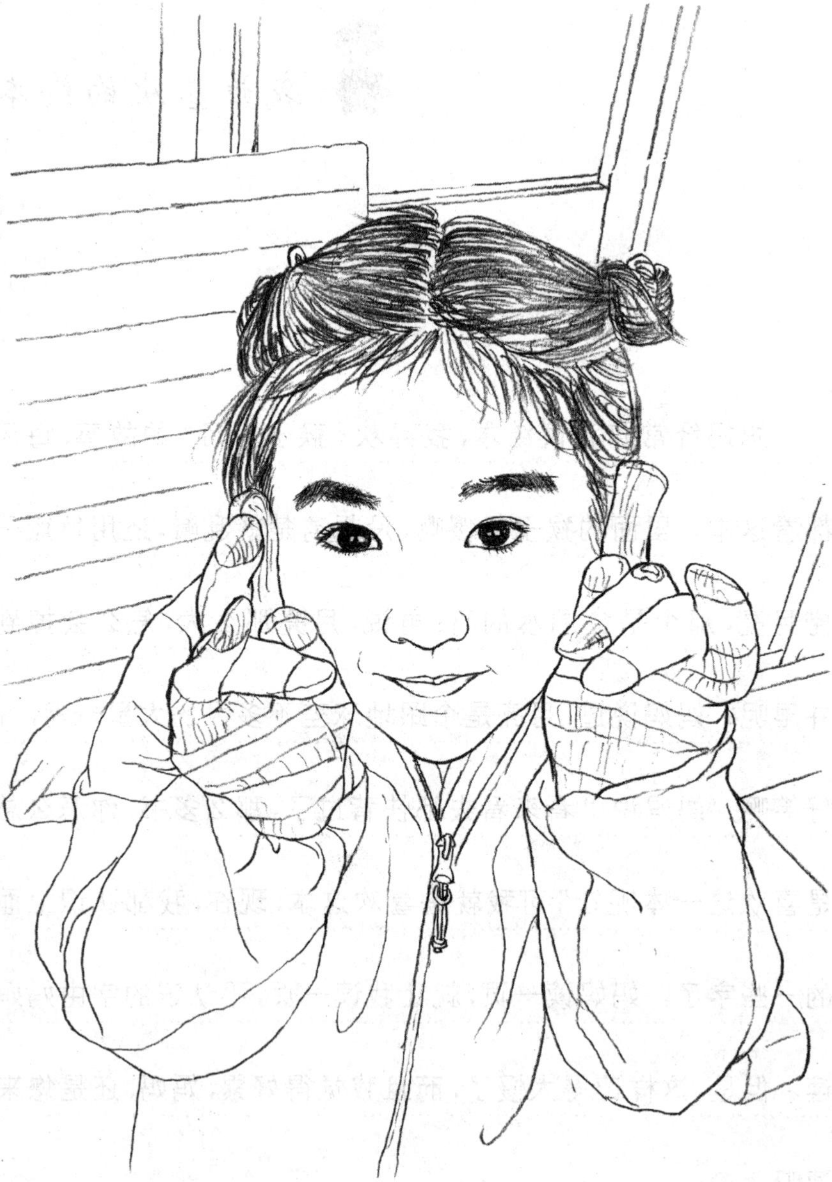

新手套

　　妈妈给我买了副新手套,上面有红的、黄的、蓝的彩条,还有漂亮的花。戴上手套非常暖和,我再也不怕手冷了。昨天晚上下了很大的雪,到处都白茫茫的。我要戴着手套去外面铲雪,堆雪人。一大早,爷爷就起床把院子里的雪扫到了一边,堆了一堆,正好可以做雪人。我用铲煤的小铲子先做个雪球,可以当作雪人的头。但是,铲子好像不太管用,还是用手做吧,反正我戴着手套呢。妈妈,快来啊,我需要帮助!

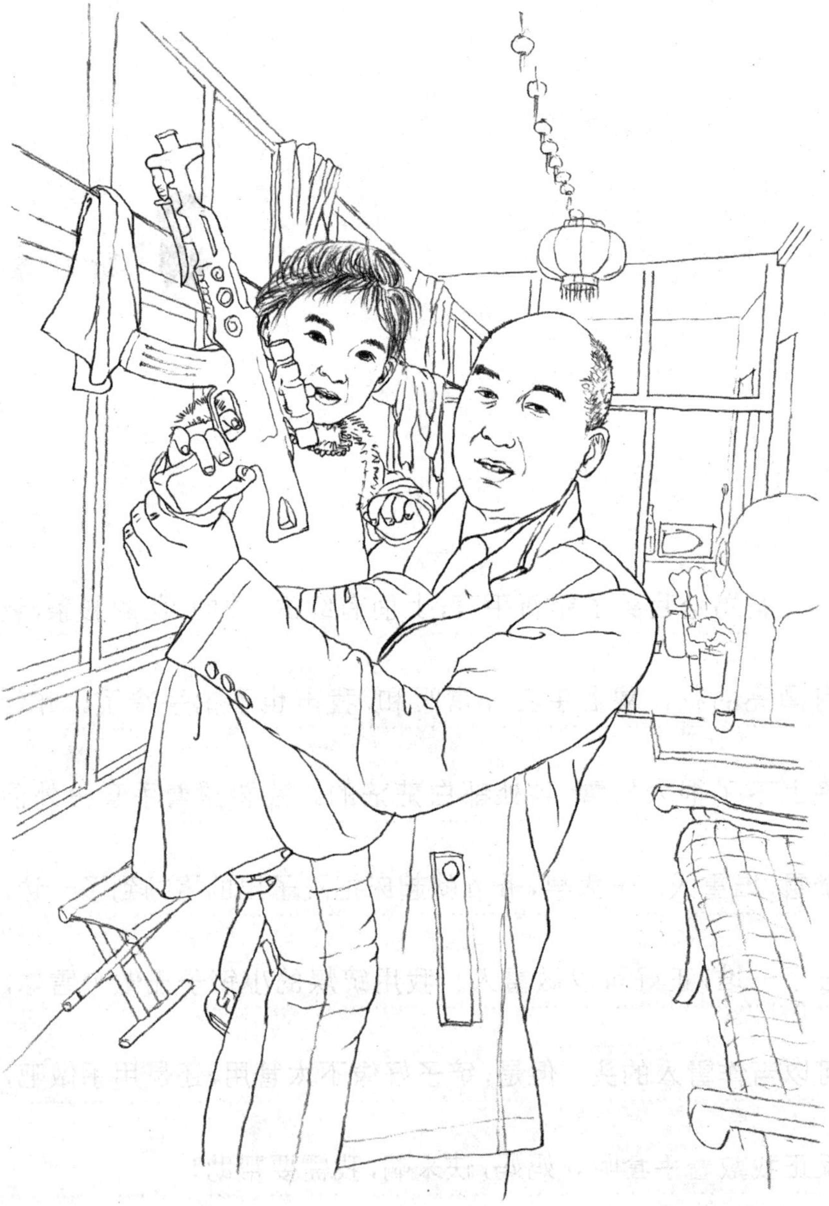

年轻的明礼爷爷

爸爸有个同学，叫明礼，他住的地方离爷爷家很近，在一条胡同里，从爷爷家出门往北走，隔几个门就到了。每次回来，爸爸都去找他玩，虽然是同学，但是按照辈分，爸爸应该叫他叔叔，我叫他爷爷。这个明礼爷爷很喜欢我，他家有个比我大三岁的小姑姑，我经常去找她玩，他们也经常来爷爷家找我玩。明礼爷爷看见我就说，几天不见，小米又长高了，来抱抱看有多重了。他有点秃头，爸爸老嘲笑他，他说："不用笑我，你也离秃不远了！"明礼爷爷说我拿着这把枪英姿飒爽的。

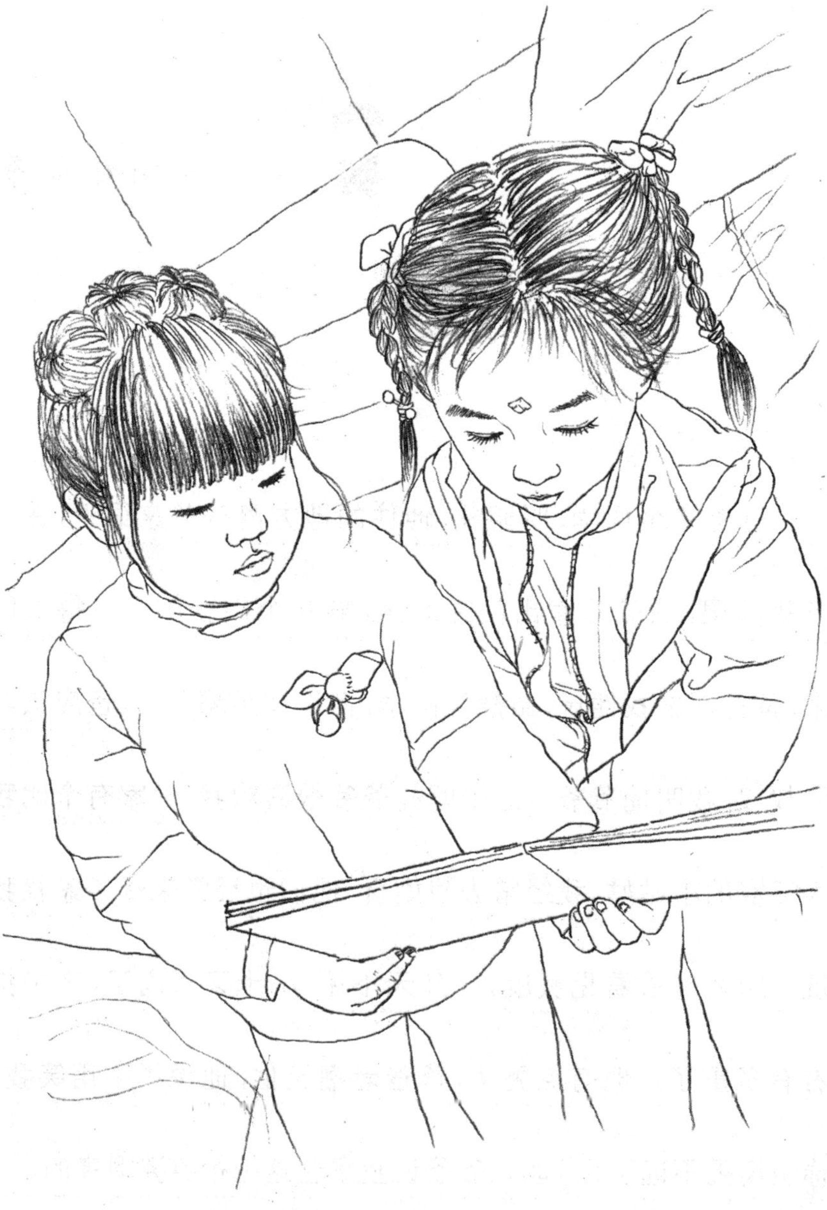

读绘本

放寒假了，我参加了读书月活动，每天都要读一本书。我不认识字，只能看图片，不知道讲了什么故事，好着急啊。有时候妈妈给我读，有时候爷爷给我读，爸爸总是很忙，奶奶眼睛不好，看不清楚！我要赶紧学习认字了，学会了就可以自己读书了。去姥姥家时，我就和舅舅家的小表姐一起读绘本。现在我喜欢《食物的神奇旅行》这本书，食物进入食道，不是气管哦，否则我们会咳嗽，很难受的。食物还经过胃、小肠和大肠，给我们提供能量，最后，变成了便便，嘿嘿，是不是很神奇啊！

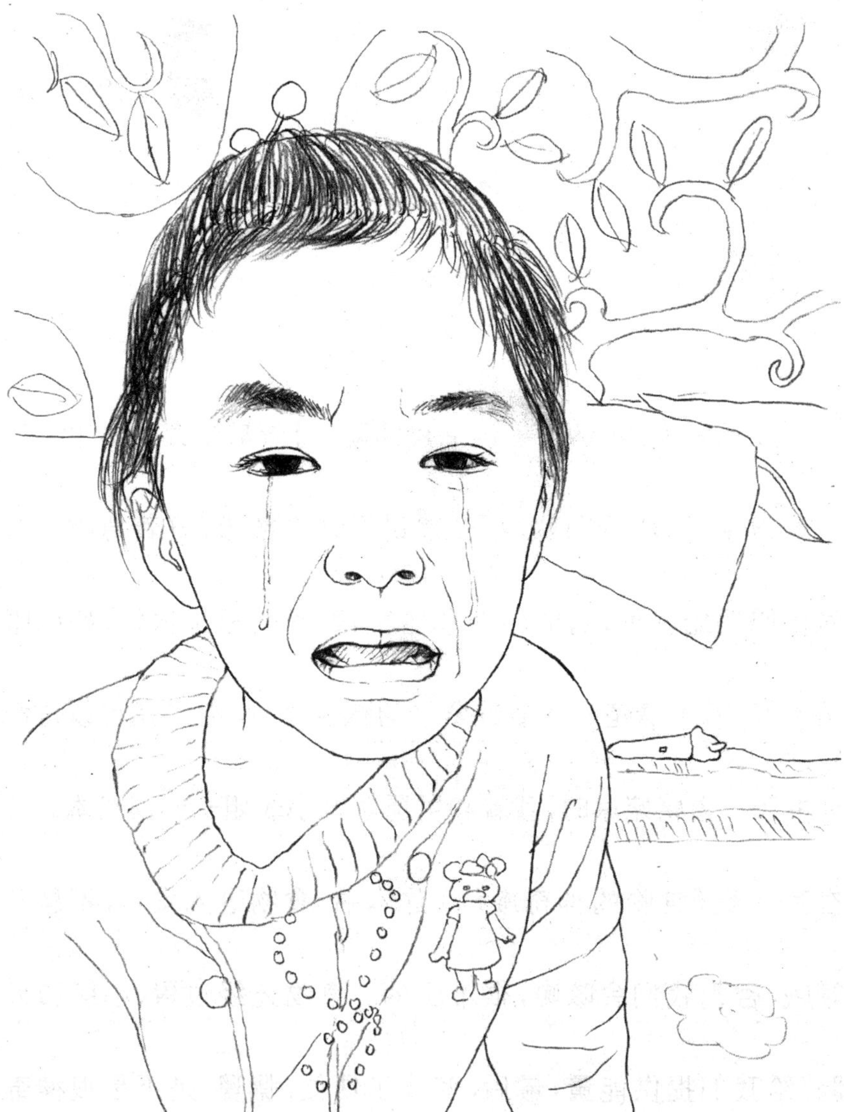

妈妈说她永远爱我

今天午睡时我做了一个梦。在梦里，我闹着要玩具，妈妈训斥我，结果有一个怪物把妈妈抓走了，我追也追不上，吓醒了。我想哭，问妈妈还爱我吗？妈妈说："为什么不爱你了啊？"我说那你还大声地吼我。妈妈说："我们一直是爱你的，爸爸和我，还有爷爷、奶奶、姥姥、姥爷，都爱你。但是，如果你做错了事情，我们也是会说你的，可这并不代表我们不爱你了。你要记住，不管发生什么事情，我们永远都是爱你的。"我记住了，妈妈，我想拥抱一下。

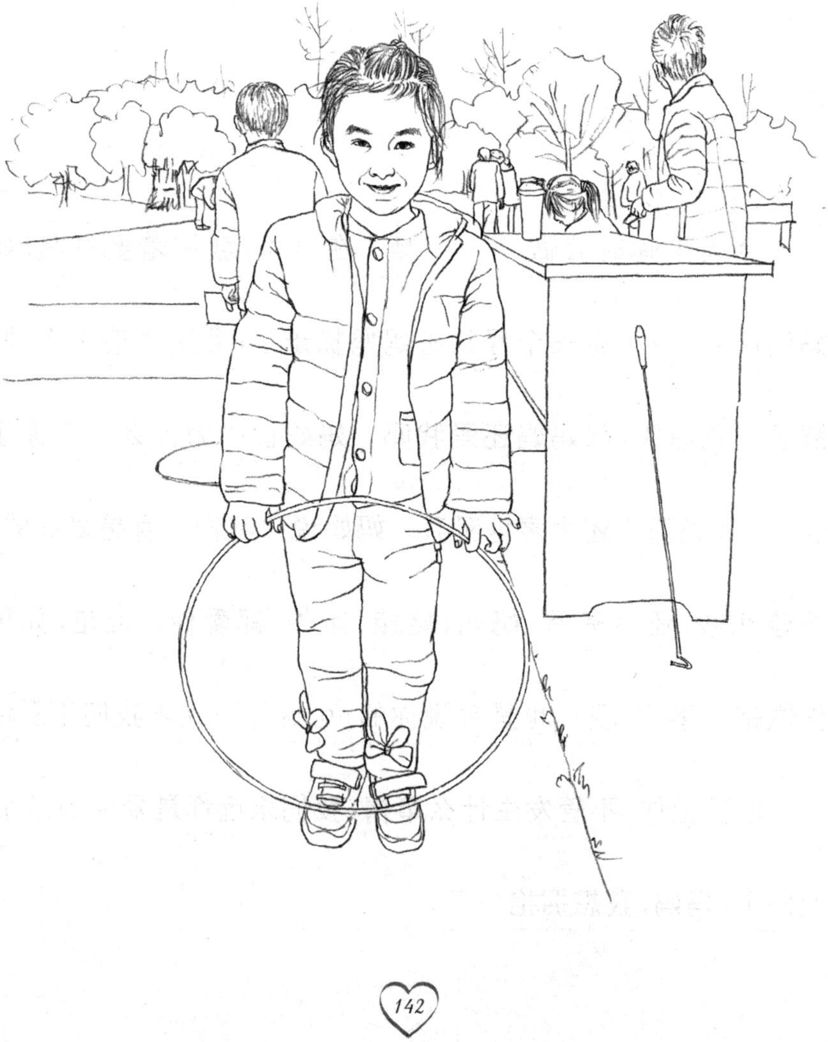

又一次亲子活动

妈妈的学校又举行亲子活动了，今天有点冷，但还是有好多小朋友和爸爸、妈妈来了。跟以前一样，项目很多，今年也有滚铁环和丢沙包的游戏。这次我竟然推着大铁环跑了好长一段路，妈妈还不会推呢。我觉得我喜欢上滚铁环了，想让妈妈给我买一个。妈妈说，这个太大了，没地方放。我们可以把它放在楼下的车库里啊，它扁扁的，用不了太多地方。可最终妈妈还是没答应给我买！先玩别的吧，我丢沙包也很厉害，有人站在两边扔，我在中间接住了好几个。其他的项目都玩过了一遍，我得到了一个恐龙蛋玩具，里面装着好几只小恐龙。

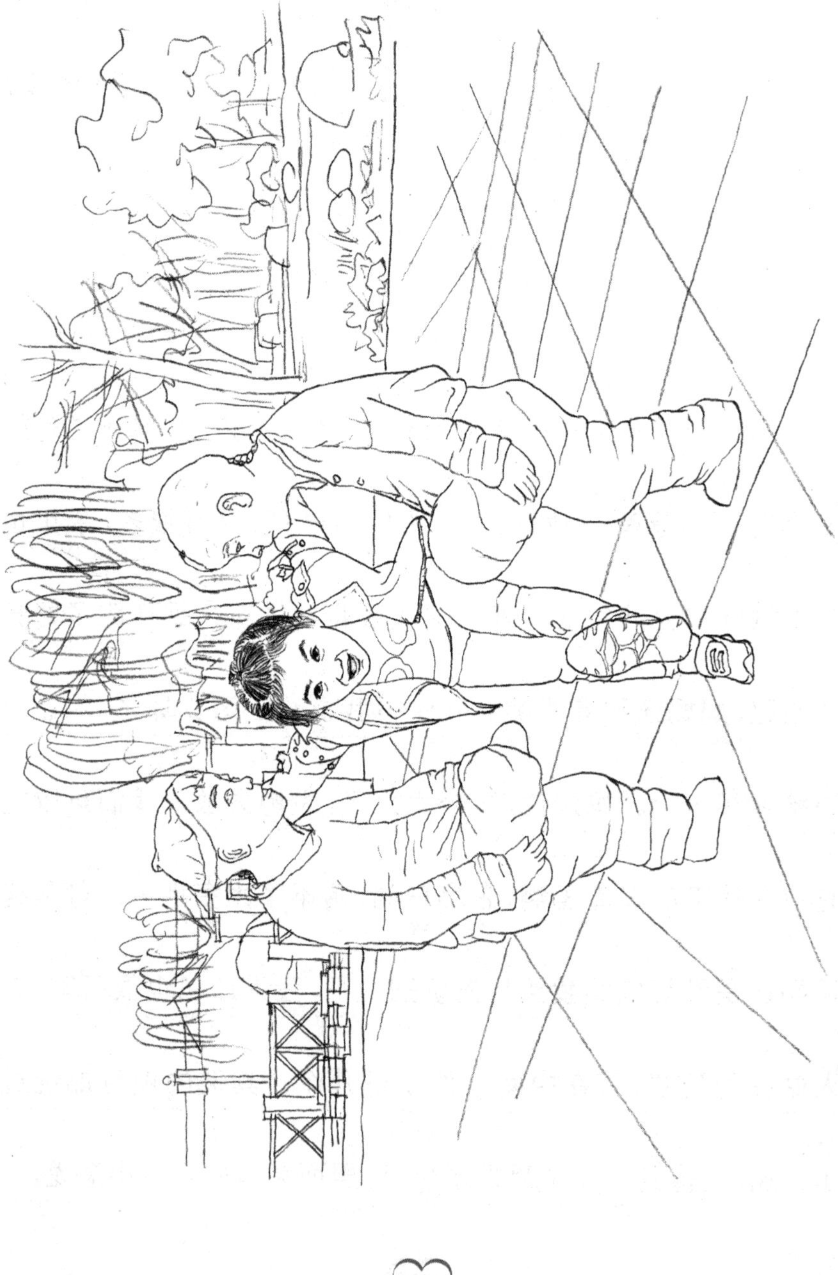

再游红莲湖

　　天气变暖,妈妈和我来红莲湖玩。柳树发芽了,很多花也开了,非常漂亮。湖边摆放着很多以前的老物件,有辆木制的手推车,妈妈说以前的人出门就用这种车推着东西,有的时候一边放东西,另一边坐孩子。我也想上去坐坐,但是它的木车轮没有了。还有以前播种用的播种耧、磨面用的石辘轳,妈妈说这些东西她也没用过。还有很多有趣的雕塑,有两个小孩子,抱着一条腿,用另一条腿站着,好像要打架。妈妈说这是一种游戏,叫"斗牛",以前的小朋友玩具很少,他们就玩这种游戏。两个人跳着互相撞,谁的腿先放下来了,或者被撞倒了,谁就输了。哎,你们两个一直这么站着,多累啊。看你们的表情,是有点不乐意了,赶紧和好,休息一下吧。

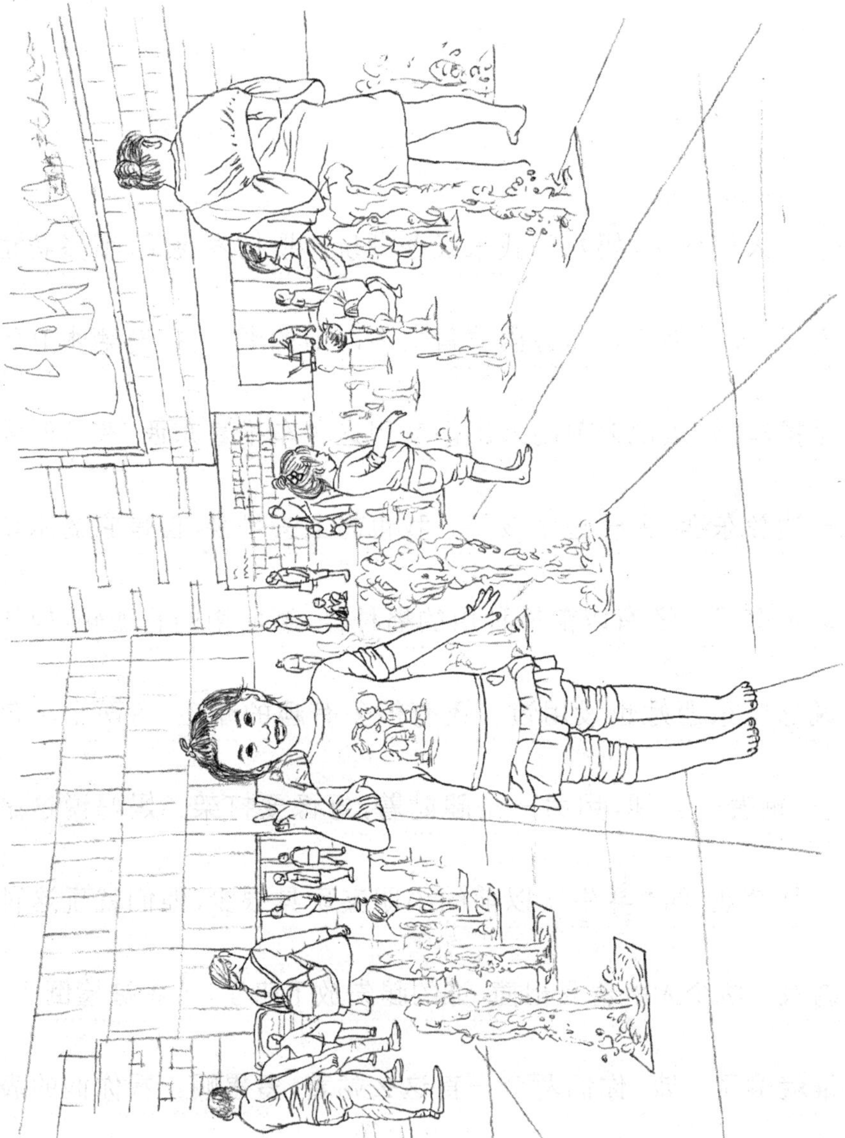

旱喷泉

今天的天气非常好,万象汇门前的旱喷泉开始喷水了。

这些水柱有的时候高,有的时候低,不停地变化,小朋友们都脱了鞋进去玩。妈妈说现在水还太凉了,还是别进去了,只在边上玩一会儿吧。不要,别人都不怕凉呢,我光着脚试试吧。地上挺温暖的,水也不是太凉,我要进去了。这个水柱变小了,我想把它摁住。哎呀,喷了我一脸,它怎么突然变高了,力气还这么大!妈妈说,天哪,衣服都湿了,我们可没带备用的衣服,光着屁股回家吧!

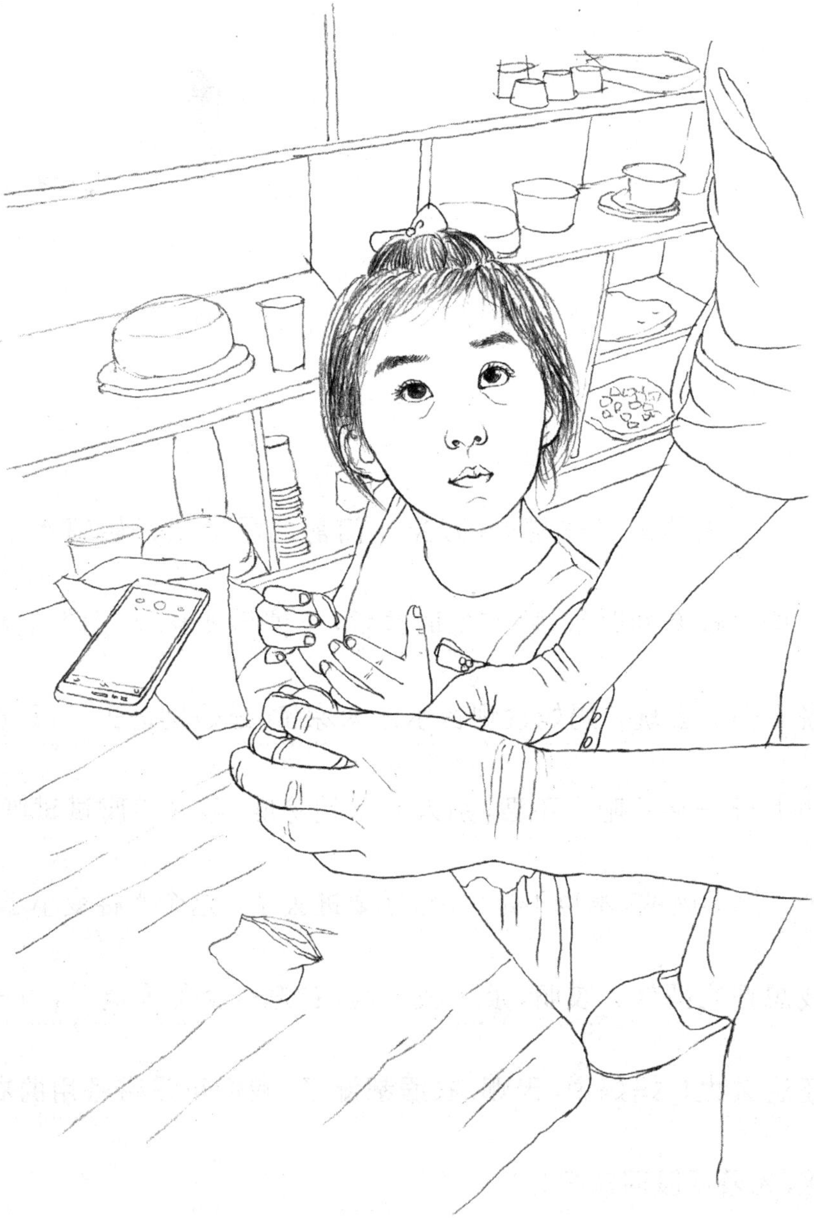

母亲节表演

今天是母亲节，老师让妈妈们来幼儿园陪我们做手工，我们也准备了节目要表演给妈妈们看。别的小朋友的妈妈都来了，我妈妈还没来。奶奶来了，她说妈妈在开会，一会儿开完会就来，可是妈妈答应我一早就来的，呜呜呜……我们表演的舞蹈是《世上只有妈妈好》，一边表演，我的眼泪一边不停地往下流，奶奶都快哭了，有阿姨说："小米哭得好可怜哪，我给你录像，一会发给妈妈看吧。"

妈妈终于急匆匆地赶来了，她说对不起，来晚了。奶奶说，小米一直哭呢，答应了孩子就得来。妈妈说，是的，是的，本来没事，突然有个会要开，一时走不了，紧赶慢赶还是来迟啦。不过，我还是很高兴的，因为我的妈妈也来了。

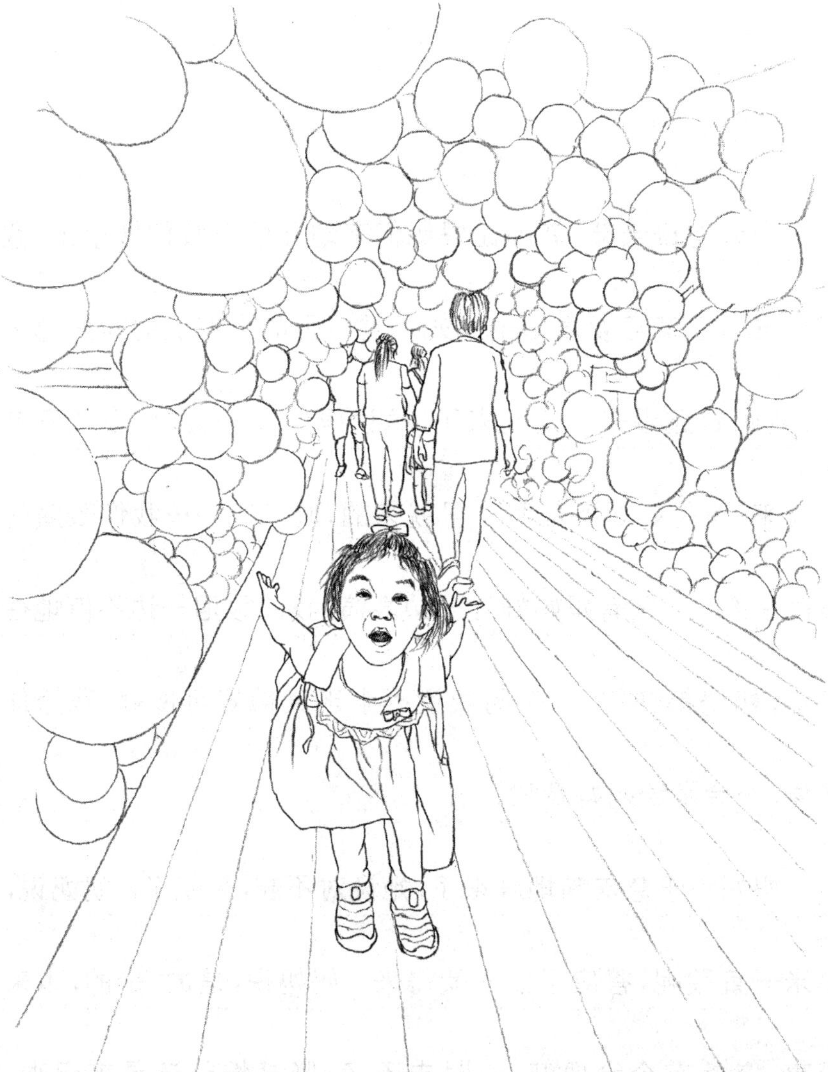

在银泰城游玩

　　银泰城是个很大的商场，妈妈经常带我来这里玩。我们在这里玩跳床，吃章鱼小丸子，看电影。我看过好几个动画电影，《寻梦环游记》《熊出没》《大鱼海棠》等，虽然很好看，但碰到里面有些吓人的地方，我就闭着眼，捂住耳朵。看完了电影，我们就去吃马兰拉面或者福口居火锅。今天，在一楼中庭不知道有什么活动，有好多气球，非常漂亮，粉色的，白色的。这些气球组成的拱形环固定在五颜六色的彩虹地毯上，形成了一个通道。我太喜欢这里了，从里面穿过，感觉自己像个新娘子。

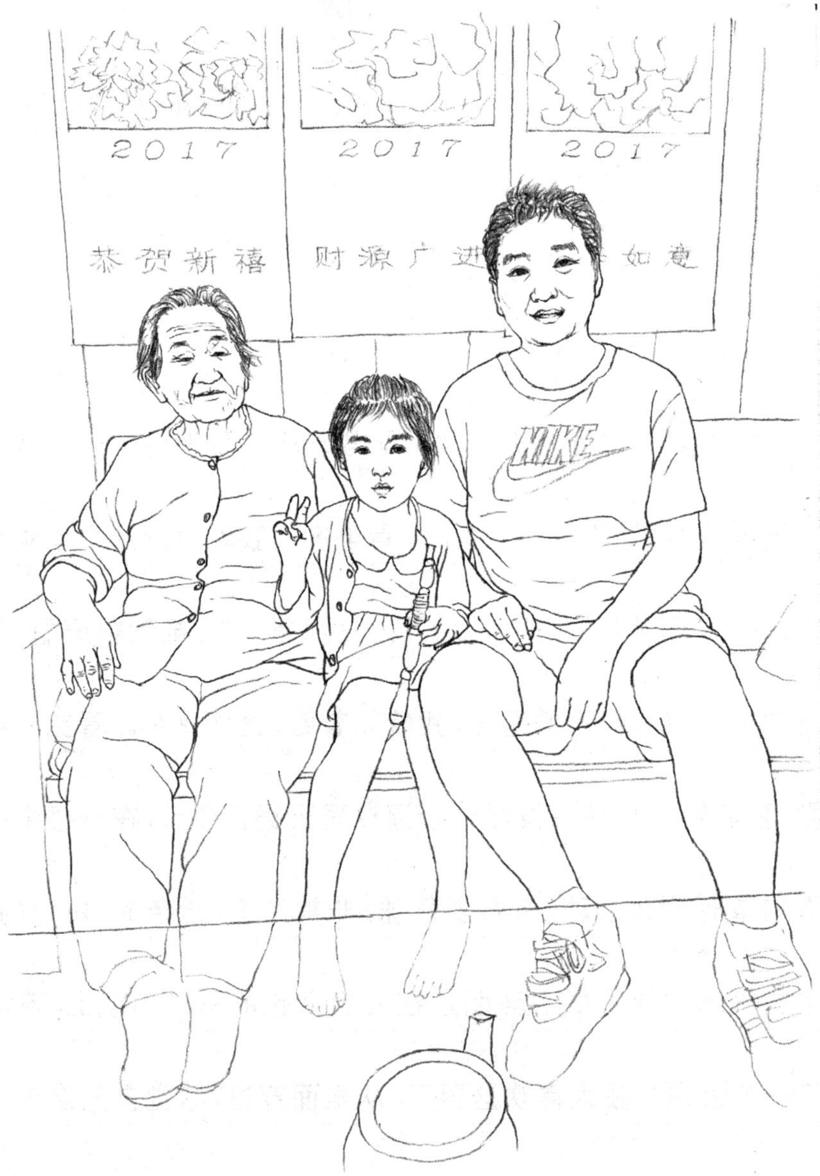
2017
2017
2017
恭贺新禧
财源广进
如意
NIKE

看望老奶奶

爸爸的奶奶，我叫她老奶奶。老奶奶已经八十多岁了，她很喜欢我，总是说我们家小米最懂事了，真好！老奶奶的冰箱里总是有很多鱼和虾，爸爸每次回老家，老奶奶都要装满好几袋，让爸爸带回来，她说自己吃不了那么多。爸爸也想念老奶奶，说要接她到我们家住几天，但是，老奶奶腿不好，爬不上我家的五楼。我跟爸爸说，老奶奶来不了，我们就回去看她呗，我可以给她跳个舞，背诵个成语接龙，老奶奶肯定又会夸我是个又漂亮又聪明的好孩子呢！

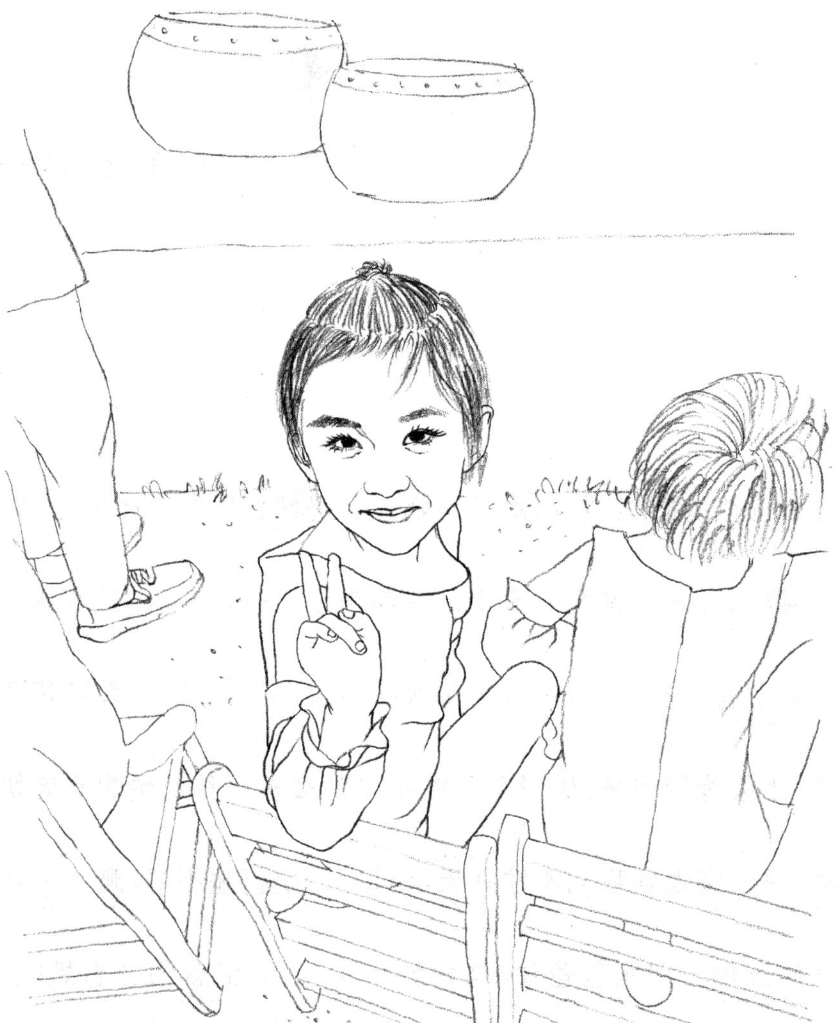

儿童节演出

　　儿童节前,老师给我们排练了节目,是《小鸡小鸡》。儿童节那天我们要去外面的广场上,表演给爸爸、妈妈、爷爷、奶奶们看。老师帮我们画了眉毛,贴了假睫毛,还涂了口红。妈妈说:"小米在哪,我怎么认不出哪个小朋友是我女儿了呢?"……呵呵,真好笑,我觉得自己变得更漂亮了。我们穿着黄色的小鸡服,后面还有尾巴,虽然有点热,但我还是很喜欢。我们是小班,节目排在小托班后面,老师说托班的小朋友比我们小,要让他们先表演,表演完了可以早休息。是的,大朋友应该让着小朋友的。

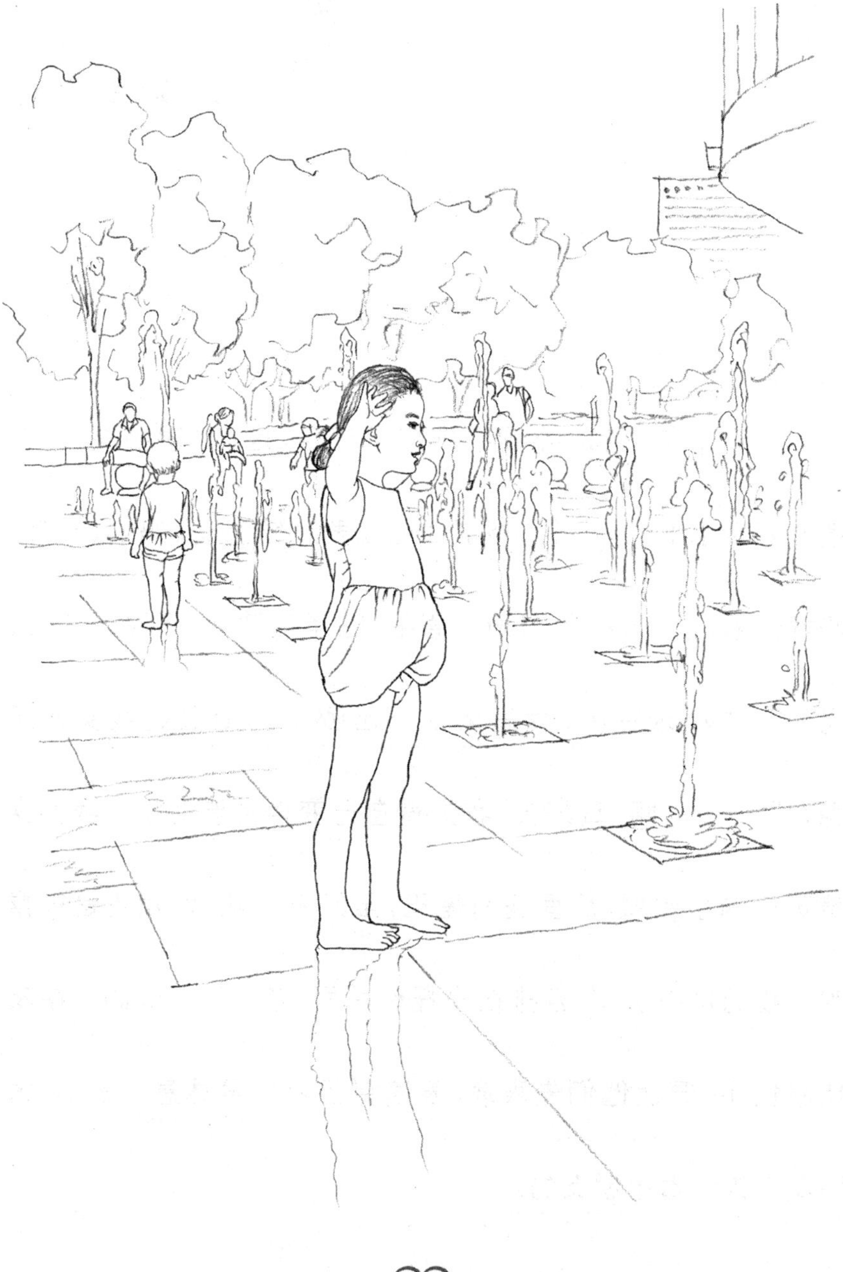

戏水

夏天，万象汇前面的旱喷泉经常开放，我来过好几次了。

妈妈说现在天热了，我可以在里面凉快凉快。而且，这次妈妈

准备了衣服，如果喷湿了就可以换下来。小朋友们都在里面

跑来跑去的，我的裙子太大了，一会儿就淋上水了。妈妈把我

的裙子打了个结，可是不一会结就开了，又掉下来，妈妈就

把裙子塞在我的小裤裤里夹住了。我有点难为情，别人都看

到我的小裤裤了，妈妈让我把它当作超短裤穿。有些小朋友

还光着屁股呢，不管了，我先去玩水了！

花仙子

今天放学,老师允许我们把表演节目用的花环带回家,有好几个呢,头上的,手腕上的,还有一个长长的是戴在脖子上的,非常漂亮!从幼儿园出来,我们都不想回家,在楼下的小公园里玩。这里有个圆形的大花坛,大家围着它转圈,互相追逐。虽然蚊子很多,但是奶奶给我喷了花露水,把它们都熏跑了。妈妈下班了,骑着电动车来找我们,我把花都戴在身上,妈妈惊讶地说:"这是哪里来的花仙子啊!"看来我戴上这些花,真的变漂亮了!

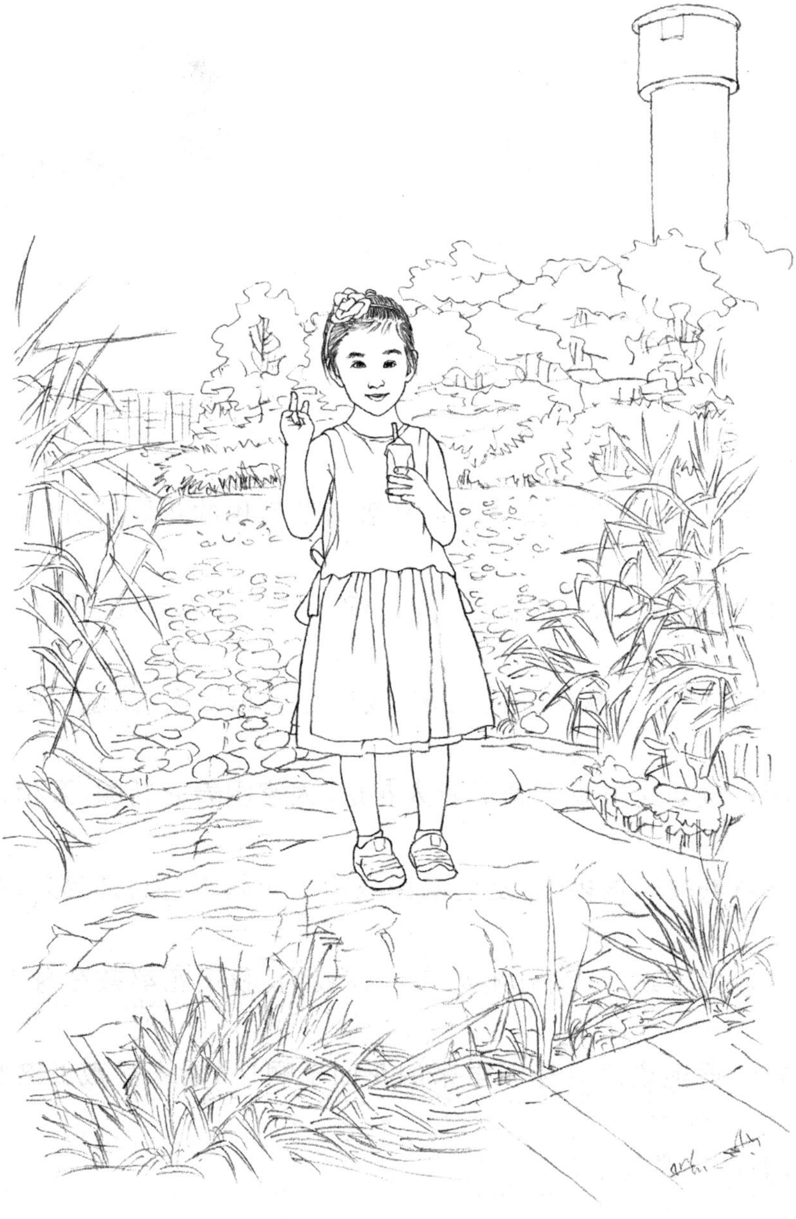

我们又来红莲湖啦

我们一家和淘淘哥哥一家来红莲湖玩，夏天天气热，这里的喷泉都开放了，喷得非常高，站在旁边会感觉很凉爽。爸爸说再凉爽也不能只在这里玩，我们去其他地方看看吧。有一处湖面上铺满了睡莲，密密麻麻挤在一起，绿油油的，开了几朵红色的、粉色的花，湖边有高高低低的芦苇。有一块大石头伸到水面上，哥哥和我都想上去看看。婶婶说："我来给你们拍照吧，淘淘站一边去，让小米先拍。"婶婶发现远处有个高塔，我们都不知道那是干什么用的，妈妈猜想它是原来的旧水塔。

哈哈镜

红莲湖边的散步道上摆放着几个哈哈镜,太神奇、太好玩了!在其中一个哈哈镜里,我们变得非常高大,身体拉长得像面条,胳膊比猴子的胳膊还长,我感觉都能在树上荡来荡去了。可是,我们的腿怎么这么短,撑不住身体了,觉得一走就会摔倒。在另一个哈哈镜里,我们变得又胖又矮,动一动,感觉特别好笑。我和哥哥跑来跑去,照照这个,照照那个,还跳个舞。妈妈和婶婶笑得都快喘不过气了!

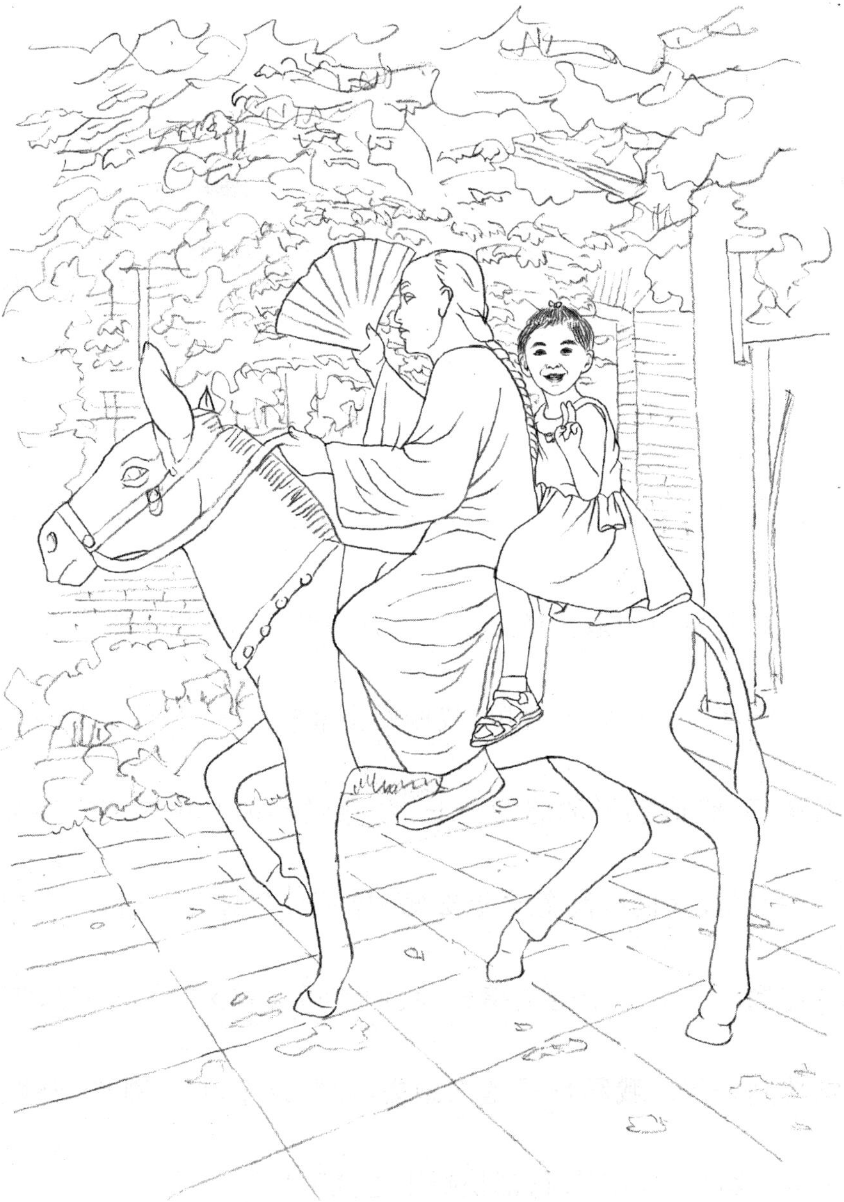

游青州古商城（一）

　　我和妈妈回姥姥家了，小舅舅准备带我们出去玩。舅舅和舅妈商量了好长时间，最后决定去青州古商城。加上小表姐和小表弟，我们六个人出发了。

　　青州的古商城比周村的古街要大，妈妈说它们是同一个时期建造的。这里有很高的城墙，我和小表姐爬上去都快累死了，一人吃了一根雪糕后又有力气了。舅妈和小表弟合吃了一根，她说表弟太小，雪糕太大，全吃掉他会肚子疼。有个人骑着马的雕像，妈妈说这是去赶考的书生，我听不懂，只觉得骑马很好玩。马背上磨得亮闪闪的，一定是很多人在这上面坐过了。舅舅把我抱上去，这个扎着辫子的叔叔要带着我出发了！

游青州古商城（二）

　　青州古商城里有很多房子，其中一些房子的门是开着的，卖各种各样的东西；也有些房子的门是关着的，不知道里面是做什么的。妈妈说这种房子的墙很厚，房子里一定很凉爽，但是应该很黑，因为它们的窗户都很小。我站在一个门前想往里看，但门上贴了纸，看不到，为什么门上不用玻璃呢？这两扇门有很多花格，挺漂亮的。门前面有很高的门槛，妈妈说她小时候老家也有这种门槛。门前还有大大的青石板。外面太热了，我好想到房子里面去凉快一下。舅妈把给小表姐准备的帽子给我戴上，说，先挡一下太阳吧！

游青州古商城（三）

在青州古商城的街上有个雕像，是一个扎着长辫子的叔叔用木棍挑着东西在赶路。妈妈说古代没有汽车和自行车，很多人又没有钱坐马车，去很远的地方也得走路。他们用扁担挑着东西，如果有小孩子，也会用扁担挑着。我和小表姐想一个人在前面，一个人在后面，让这个叔叔挑着，可是那个雕塑太滑，没法坐。妈妈不让我们再往上爬，说要是弄坏了，就让我们赔偿并修理好。我可不会修，还是赶紧走吧。只是我一直好奇，为什么叔叔是男生，还要扎辫子呢。舅舅说以前的男生才扎长辫子，女生都是把头发挽起来的。

去上海玩

爸爸、妈妈和我来上海玩，三姥爷家的阿姨在这里工作，妈妈叫她堂姐。这几天特别热，我们待在宾馆里都不想出去，一出门汗就哗哗地流，感觉要中暑啦。阿姨家的俊腾哥哥跟我同岁，去威海奶奶家了，所以不能跟我玩。阿姨请爸爸、妈妈去饭店吃饭，那里的菜很好吃，吃完饭后我们去外滩玩。那里有很多人，还有非常漂亮的大轮船。我摘了几片大树叶，给自己做了顶帽子，大家都夸我手巧。我们住的宾馆外有一棵大树，树下有个蚂蚁窝，蚂蚁们排着队往树上爬。这么热的天，他们也不嫌热，也不觉得渴吗？我准备用树叶接点水，放在蚂蚁窝旁边让它们喝。

吃自助餐

万象汇负一楼有家自助牛排店,叫"我家牛排"。店门口有个牛的雕像,穿着西装,打着领结,是一只帅牛呢。

在店里,除了牛排是每人一份,其他东西都可以随便吃。我喜欢吃加番茄汁的牛排,吃完后,还要再吃烤肠、金针菇、蛋挞、比萨、蒸饺,还要喝豆浆,妈妈说不能拿太多,吃不了就浪费了。哎呀,真是撑死了!对了,最爱的冰激凌我还没吃呢,我要自己去盛。绿色的是西瓜味,粉色的是草莓味,褐色的是巧克力味,黄色的是奶味,每一种都要,我要把它们搅拌在一块,尝尝是什么味道。

好朋友

沈以墨是我最好的朋友,他住在我家楼上,我们上同一个幼儿园,都在中二班。上课时,霍老师不让我们挨在一起,因为我们总会忍不住说悄悄话,但是下课后我们可以一起玩。吃完晚饭,我就拿着水杯去他家玩。妈妈让我八点半准时回家,我总是会忘掉,爸爸来叫我时,我就要挨训了。沈以墨也会来我家玩,他总是能记着时间,到点自己就回家去了,妈妈总是夸奖他。

妈妈学校的花开了,妈妈、奶奶和我,还有沈以墨和他奶奶一起出来玩。奶奶们拿着塑料袋到处找野菜,我和沈以墨发现一些蜜蜂在采蜜,我们一边叫一边跑开了。如果蜜蜂蜇了我们,我们会非常疼,而蜜蜂也会死掉,这是霍老师说的。

赶海

妈妈报了个一日游的旅行团,和许多小朋友还有他们的爸爸、妈妈一起去海边挖蛤蜊,淘淘哥哥一家也去。昨天晚上妈妈就准备好了防晒服、小桶、小铲子,还有一个小耙子。一大早,我们去博物馆东门等着大巴车。婶婶一家人没有吃早饭,去买火烧,差点赶不上车了。到了海边,婶婶、哥哥和我,在沙里挖呀挖,只找到了两个很小的螃蟹,有一些软软的圆形的东西,还会动,不知道是什么!妈妈走到海水里去挖,结果只找到一个很小的蛤蜊,她说自己看着晃来晃去的海水快晕倒了,所以赶紧回来了。爸爸去挖野菜了,他说看到好多野菜,跟老家的一样,这种菜只在盐碱地里长,别的地方没有。有的叔叔走到很远的海滩挖了满满一桶蛤蜊,我们都好羡慕。

这是我的作品

　　我放假了，但是妈妈要工作，她不让我自己待在家里，说不放心。其实，我可以一个人在家里看电视，来坏人了我不开门！不过，还是跟妈妈到办公室吧，在这里我也可以画画，而且我还能用电脑上的"画图"工具来画画！办公室里只有两只很粗的红色和黑色的白板笔，我用它们在打印纸上画了一张画。妈妈看了看，惊讶地说："画得这么好呀！太漂亮了，很有节奏感，千万别扔了，要存起来！"我有点不好意思了，但是觉得很有成就感！

漂亮的万圣节面具

　　过万圣节，老师给我们买了面具，我特别喜欢。这个面具

非常漂亮，中间有个大大的蝴蝶，鼻梁那里有颗黄色的心，底

部边上绕着一圈闪闪的亮片，还有很好看的花，上部两端各有

一只"凯蒂猫"。在大蝴蝶的上方还有一些粉色的软软的羽毛，

真是太漂亮了。戴上面具，我就想跳舞，觉得自己像仙女一样。

妈妈也想戴一下，但是太小了，眼睛和鼻子的位置都不对，还

是还给我吧，这本来就是小孩子戴的。妈妈说摆个姿势，我给

你拍张照吧！

神奇的科技馆

我和妈妈坐动车到济南玩,去了科技馆和泉城广场。科技馆里有太多神奇的东西了,有一个洞往外吹着风,小球竟然能浮在上面,是气流将它托住了;一些透明管组成了风道,从这边的洞里放进球,它就能沿着管道走,自己从另一边的洞出来……有一个可以放电的球,我把手放在上面,电就连过来了,我竟然感觉到手有点麻,吓得赶紧后退,是被电到了吗?妈妈说人的身体能导电,所以打雷下雨的时候不能站在大树底下,因为闪电击中树,也会传导给树下的人,是非常危险的。

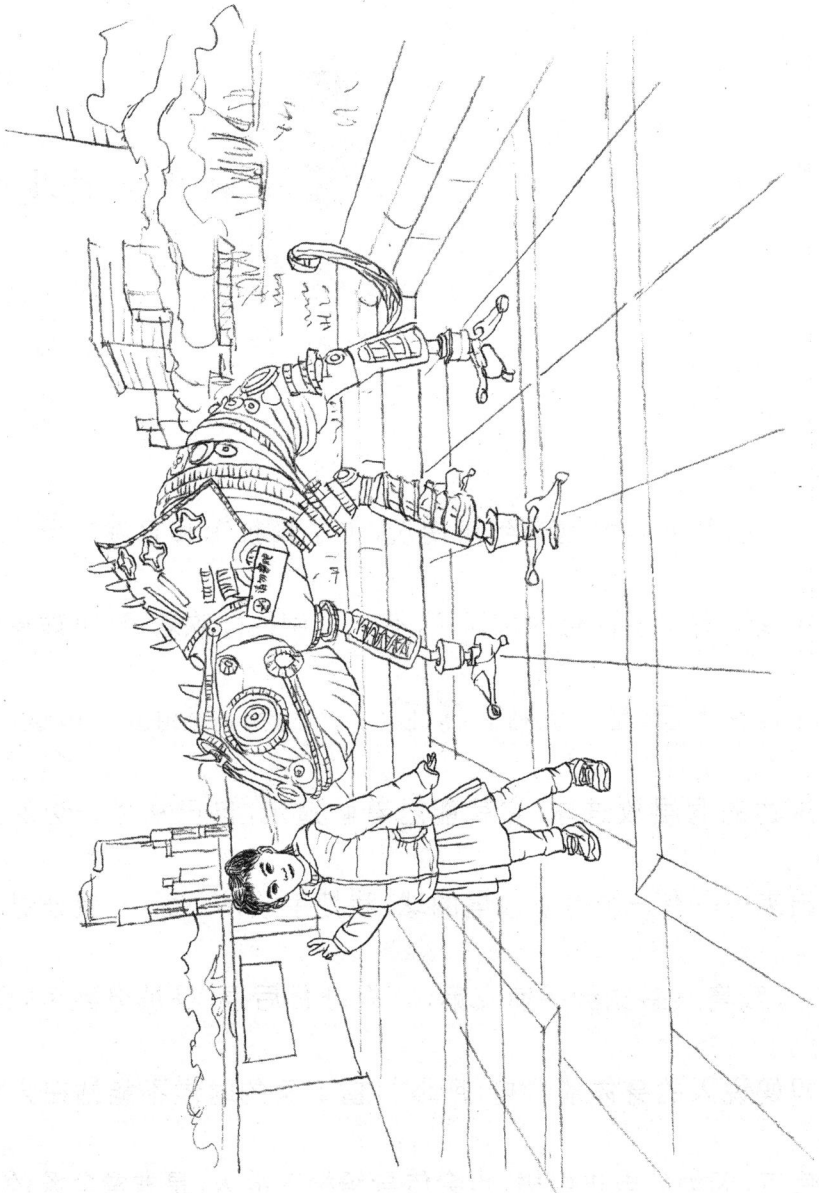

变废为宝

　　济南的泉城广场上有一只用螺丝等废旧零件组成的变色龙,它的身上还有好多像自行车上的链条一样的东西,看起来非常酷。我是不是也可以用一些旧东西来组成有趣的新东西呢?这得好好考虑考虑。之前,妈妈和我一起做了鸡蛋壳小人,一个王子,一个公主。妈妈的手很巧,做了公主漂亮的头发、裙子,还有王子的西装和帽子,我只负责涂颜色。妈妈把他们的照片发到朋友圈,大家都夸奖呢。今天回家,我要自己找一些不用的玩具,重新做个东西,如果遇到困难了,再找妈妈帮忙!

逛商场

星期天,爷爷从老家来了,妈妈带着我们到万象汇玩。转了一圈,奶奶累了,只想坐着。有个大陀螺,我坐上去转了好多圈,爷爷直夸我厉害。我让爷爷坐,他不敢,怕会翻倒。其实这个跟不倒翁一样,是倒不了的。之前,爸爸、妈妈和我去韩国,那里的街上有很多这种陀螺,大人也可以在上面玩。

中午,奶奶要回家做饭吃,妈妈说在这里吃吧,刚来,还没怎么玩呢。我们去吃饭,奶奶一直说东西贵,妈妈说没关系,我们又不常在外面吃。妈妈提议去看电影,爷爷、奶奶都不去,说眼睛不行,看不见。我知道,他们肯定是不舍得花钱,等我长大了,要挣好多钱,让爷爷、奶奶随便花。

我的五岁生日

我五岁了，这次妈妈买的生日蛋糕图案是小姑娘洗泡泡浴，我很喜欢。爸爸说等再过一年，你六岁时，我就把书房让出来，好好装修一下给你住。妈妈说可以买个公主床，再买个漂亮的衣柜。我好想快点长大啊，可是，晚上妈妈不陪我，我会怕黑的。妈妈让我把机器人女警阿尔法、玩具狮子和毛茸茸的大熊都放到房间里，说它们会保护我。好吧，晚上我要搂着大熊睡，说不定到那时我就不怕黑了呢。我要把房间都贴上粉色的壁纸，还要在床上挂上纱帘，我喜欢这样的布置，想想好激动呢，什么时候到六岁啊？

生日晚宴

今天晚上的饭菜真丰盛,因为我过生日,爷爷做了很多好吃的。爷爷以前在食品公司上班,后来还专门给打井队等别的单位做过厨师,做饭非常好吃。奶奶对爷爷说:"你来了,我就退居二线了,只负责收尾工作就行。"爸爸和爷爷喝酒,妈妈提议,大家一起来碰杯吧,祝小米生日快乐!我突然觉得自己长大了……我把蛋糕店赠送的小花灯打开,就有生日歌的音乐播放出来,大家都给我唱生日歌。

元旦活动

过元旦了,幼儿园组织了活动。小女生们、小男生们表演了群体舞蹈,还有几个同学表演了个人节目。吕骐同表演了打架子鼓,还跳了街舞,他好厉害啊。周义林唱了一首歌,庞琳菲和她妈妈弹了钢琴,我也和妈妈一起演唱了 *Walking in the Jungle*,大家都使劲鼓掌。演完节目后,老师给我们倒了茶,让我们给家长敬茶。妈妈您辛苦了!妈妈喝了一口说:"真好喝,谢谢小米,妈妈永远爱你。"之后,我们还跟着一个漂亮阿姨学做牛轧糖,大家都很高兴。

天寒地冻

爸爸妈妈和我还有华华阿姨一家去玉黛湖看花灯。外面非常冷，我们来得很早，花灯节的活动还没开始。爸爸没有围巾，也没有帽子，冷风直往衣服里面钻，他冻得躲到旁边的绿植大棚内不想出来。妈妈围了两条围巾，把大的给了爸爸，说自己还有羽绒服上的帽子可以戴，不是太冷。妈妈的羽绒服很大，一直包到脚腕，应该挺暖和吧。华华阿姨也拿出了给奶奶备用的帽子让爸爸戴上，爸爸自我欣赏说，戴着老太太帽子，围着灰粉色羊绒围巾，看起来还挺帅的嘛。妈妈给我戴着脖套、羽绒服帽子，围着围巾，我一点儿也不冷，一会儿要好好看花灯了。

赏花灯

在玉黛湖花灯节上，好多又大又漂亮的花灯，有"老鼠娶亲""八仙过海""唐僧师徒西游"，还有一条"大龙"和修得很高的"长城"……真是灯火辉煌，我都看不过来了。这里有好多爷爷、奶奶，穿着长裙子，带着亮晶晶的头饰，衣服上还有流苏，就像电视里唱戏的人一样。有个爷爷的胡子竟然比我的围巾还长。还有几个小孩子，也穿着漂亮的裙子，踩在高高的杆子上，不知道他们是怎么上去的！妈妈说，这是民俗表演，叫"信子"，是这里的习俗。和我差不多大的小朋友，虽然打扮得很漂亮，但是站在那么高的地方不冷吗？

我和妈妈玩自拍

　　我喜欢和妈妈一起用"美颜相机"拍照，里面有很多好玩的东西。我们可以穿上婚纱，可以变成鹿精灵，可以加上猫耳朵和胡须，也可以变成吸血鬼和巫婆。有一个模板，使用时我们只要一张嘴就变成可怕的绿色怪物，我吓得不敢看，妈妈却说太好玩了。和妈妈在一起时，别人都说我们长得不像，说我和爸爸长得像。爸爸说我和妈妈只有指甲盖很像，妈妈说我们两个的表情很像。爷爷奶奶说我和姑姑小时候长得一模一样……

我的艺术照

　　我参加了"新丝路"小模特比赛,老师让我们拍艺术照制作台卡。我问艺术照是什么,妈妈说我刚出生时照过的,可是我不记得了!我们去了"小鬼当家",是专门为儿童摄影的地方。有个阿姨给我化了妆,穿上漂亮的裙子,还戴了有花的发卡。我喜欢披着头发,觉得这样更好看。有一个房间,里面布置得很漂亮,摄影师叔叔让我摆了很多姿势,我觉得都挺好,妈妈说我像个小公主。我喜欢公主,就像苏菲亚,还有爱丽娜,她们又漂亮又勇敢,我也是个公主了吗?

毛绒小兔子

妈妈给我买了一只毛绒兔子，软软的，很漂亮，我特别喜欢它。小兔子，咱们两个是不是很像啊，我的发带上面也有两只耳朵呢。其实，我更想要一只活的兔子，可以喂它吃菜叶，吃青草，我会去给它找食物。前段时间出去玩，舅舅给我和小表姐一人买了两只小鸡，我细心地给它们喂米、喂水，可是没过几天它们都死掉了，我很伤心。爷爷说这些小鸡的身体太弱，而且不是很健康，它们需要在很高的温度下才能存活，说等我放暑假的时候再给我买。我希望爷爷也给我买只小白兔。

游聊斋城

　　妈妈和我还有舅舅一家到聊斋城参观，这里环境非常好，有很多大树，很凉爽，建筑也很漂亮。妈妈说小时候看过电视剧《聊斋》，里面都是狐仙、鬼怪的故事，每次看序幕就很害怕，但是又特别想看，所以她很想知道这个聊斋城里有什么。我们经过一段烟雾缭绕的地方，是有喷水管在喷雾，我和小表姐站在那里不想走。聊斋城里正在做活动，几个茅草亭里分别坐着一位漂亮的姐姐，她们穿着好看的裙子。只要集齐和她们拍的照片，就能得到神秘的礼物，但是，我们到最后也没有拍全，自然也没有礼物。在一个有着高高门楼的院子前面，妈妈让我从门框后面慢慢探出头，她说，狐仙就是这样出现的……

游黄花溪

青州有个国家级风景旅游区——黄花溪,我和妈妈跟着

舅舅一家来玩。爸爸非常忙,每次都不能陪我们。在景区门口,

妈妈给我和小表姐买了弓箭,给小表弟买了金箍棒,我们都很

兴奋,觉得自己很厉害,像大侠一样。这里有好多大瀑布,风

一吹,我们站在旁边的木桥上都能被水雾淋湿。有个地方的

水非常清,里面放着几个大石磨,好多小鱼游来游去。小表姐

说能射中一条鱼,我不信,结果她的箭都拿不回来了!这里的

山很高,我们爬呀爬,妈妈和舅妈都累坏了,小表弟累得只想

让舅舅抱着,把舅舅也累坏了。虽然我和小表姐也很累,但是,

我们一直自己走,而且总走在最前面。

我换牙了

我开始换牙了,下牙刚长出来,上面又掉了一颗,有好大一个洞。爷爷见了,总是叫我"没牙婆",这也太难听了。我现在只想吃米饭和面条,其他的我咬不动,有时候连面条都咬不断。我本来就不爱吃水果,现在啃不下来,更不爱吃了。妈妈为了让我多吃点,不管什么水果都用刀切成小块,放在盘子里,让我用叉子吃。我们班里只有几个小朋友开始换牙,老师把掉下来的乳牙用纸包好,让我们带回家。妈妈说现在换牙有点早,肯定与我只喜欢吃软的食物、不喜欢吃硬的食物有关系。平时应该什么食物都吃,不能挑食,尤其要多吃新鲜的蔬菜、水果。

我的六岁生日

　　我六岁了，又要过生日了，婶婶给我做了一个蛋糕。她买了鲜奶、蓝莓、樱桃，还自己烤了一个蛋糕胚，大家都很吃惊她怎么会做得这么好，比蛋糕店的还漂亮。淘淘哥哥送给我两盒奶，好朋友沈以墨也来祝贺。妈妈买了好多菜，土豆、茼蒿、娃娃菜、蘑菇、粉丝，还有牛肉、羊肉、各种丸子，我们准备吃火锅。吃饭时，哥哥不好好吃，只想喝奶和吃零食，妈妈说他的胳膊比非洲难民的还细。每次为了吃饭，哥哥都被叔叔训斥，可他就是不爱吃。沈以墨只吃了一些菜和几个丸子，也不如我吃得多，所以我才长得最快。我们三个都喜欢吃蛋糕，婶婶帮我们切，我吃了两盘！

穿红裙跳舞

　　快要过春节了，幼儿园里组织了晚会，我要上台表演舞蹈，需要穿红色的裙子。但是妈妈没给我买，所以老师帮我借了一条。裙子非常漂亮，绣着很多花，还有个精致的领扣，但是我穿着有点小，胳膊不能抬得很高。我们表演的地方是妈妈学校的一个报告厅，老师带我们在旁边的一个教室里化妆，做准备。只有庞琳菲的妈妈在这里帮我们，妈妈和其他阿姨都到舞台那里等着看表演了。我们表演完又回到这个教室，等了好久好久，很多小朋友的妈妈来把她们接走了，妈妈怎么还不来，我都快哭了。庞琳菲妈妈说："我给你们拍张照吧，小米真是个美女呢。"可我还是不太高兴。妈妈来了，说对不起，她得看完了再走，中途离场太不礼貌了。

美人鱼雕塑

　　在商贸城的中心路上，有很多雕塑，有霸王龙、三角龙、腕龙等各种各样的恐龙，有白雪公主和七个小矮人，还有一艘太空船，我和沈以墨都上去坐着体验了一下。在路的南端，有一艘很大的轮船，船下有个金色头发的美人鱼，像我在动画片里看到的一样漂亮。我也好想像《芭比之玛利亚历险记》中的玛利亚公主那样，进入海里变成美人鱼，回到岸上就变回人类。但是，世界上真的有美人鱼吗？我从《十万个为什么》上面看到，美人鱼的原型是儒艮，因为它们会用两个鳍肢抱着小宝宝，就像人类的妈妈抱着小宝宝一样，可是，它们那么丑，怎么会是美人鱼呢？

小“美人鱼”

　　爸爸有个好朋友，我叫他刘叔叔。我们去刘叔叔家吃饭，那里有个比我大两岁的小姐姐，她有件美人鱼的衣服，非常漂亮，穿上就跟真的美人鱼一样，我也好想要啊。

　　妈妈从网上给我买了一件美人鱼的泳衣，虽然有点大，穿不起来，可我还是很喜欢。鱼尾的地方有扣子，可以解开，但我更愿意跳着走，这样更像美人鱼。妈妈，快和我去游泳吧，我要穿着这个泳衣下水。妈妈说这个就是穿着玩的，真到了水里就游不动了！我不信，只想赶紧去试试。奶奶回老家了，我给她发了视频，让她看看我的美人鱼泳衣；我还给舅舅家的小表姐也发了视频；沈以墨来找我玩，我也赶紧穿上了美人鱼泳衣，他们都觉得我穿这件泳衣很漂亮……

祝所有的孩子都能健康快乐地成长！